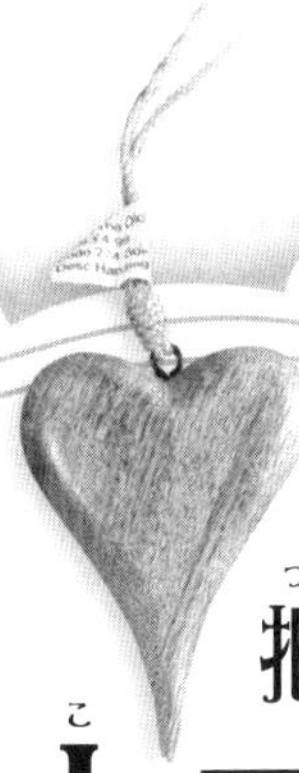

掴《つか》んでみれば
小《こ》ラッキー

橋本和美

文芸社

掴《つか》んでみれば小《こ》ラッキー

はじめに

私は現在78歳の後期高齢者である。大分県で学研教室という学習塾を長年仕事にしている。家族はアパート経営の主人と音楽家の長女とパーカッショニストの長男の4人、ごく普通の主婦である。長女、長男は独立して家庭を持ち東京に住んでいる。

そんな私が今頃になって、本の出版を思いついたのである。自分はごく普通の人間だと思っていたが、今、これまでの人生を振り返ってみると少し違うような事に気が付いた。

というのは、どういうわけか私の周りにはハプニングというか、変わった事が近寄ってくる。世の中にはそういう事もあるだろう。それを見過ごす人、チラッと見る人、ちょっと触ってみる人などいろいろいるだろうが、私はその変わった事、ハプニングをどうも掴《つか》んでしまっているようだ。そのせいで、いろんな変わった事が起きている。

つまり、私も変わったタイプの人間ではないだろうかと今になってそう思うようになった。その変わった事を掴んだ結果、それが数々の小さなラッキーと呼べる面白い事に変化して今に至っている。小さなラッキーの事を私は「小《こ》ラッキー」と呼んでいる。我ながらなかなか良い響きの言葉を思いついたものである。そんな数々の〝小《こ》ラッキー〟をエッセー集にまとめて、人生の置き土産として残して置こうと思いついた。

そういうわけで本の題名を「掴《つか》んでみれば小《こ》ラッキー」としたのである。

目次

ソビエト・フルシチョフ首相への手紙

自分の少し変わった性格が目覚め始めたのは、中学3年の頃である。

当時中学生向けの雑誌を読んでいると、「文通」欄があり、「お友達になりませんか？文通しませんか？」と日本全国から、たまには外国からの記事も載っていた。その当時私の周りの友達も文通をしている人が結構いた。ちなみに大分市内にいる私の姪などはその文通が縁で新潟の人との結婚に恵まれたのである。

中学生の私も文通とまではいかなくても、単に外国の人へ手紙を書いてみたいと漠然と考えていた。当時音楽の時間に習ったロシア民謡が気に入っていた事と文通がリンクして、手紙の宛先をロシア（当時はソビエトと呼んでいた）、しかも相手はフルシチョフ首相に書く事を思いついたのである。

「私は日本の中学3年の女子生徒です。音楽の時間にロシア民謡を聴きました。ロシア民謡が大好きになりました。そこで『トロイカ』と『カチューシャ』のレコードを贈って頂けないでしょうか？」

　このような突拍子もない文面で、しかも日本語で書いて送ったのである。本気で届くと思ったのかどうかも記憶がないが小学生並みの幼稚さである。

　ところがあろうことか、その手紙が首相の元に届いたのである！　驚いた事にロシア文字の木箱のなかにレコード2枚が手紙と一緒に送られてきた。「トロイカ」と「カチューシャ」である。よくぞ幼稚な手紙が遠くロシアの最高府まで届き、その願いを叶えてくれた事か！　奇跡と言うべきか、何と言うべきか、大ラッキーと言うべきである。その事が新聞社に知れ、顔写真入りの記事となった。

送られてきたレコードと手紙、取材を受けた掲載記事
（大分合同新聞 昭和36年3月17日夕刊に掲載）

　さらにそれを知った某共産党議員が訪ねて

きた。よくは覚えていないが、今からソビエトに行くので、何か繋がりを作ってはどうかというような話であった。そこで習字で「世界平和」と書いてその人へ託した。彼は帰国後本を書き、私のことも書いてあったが、その本はすでに紛失。記事になった新聞とレコードはまだ大事に保管している。幼稚なくせに少し好奇心を持つ性格がすぐに行動へ、その行動はハプニングを生み、思わぬラッキーに繋がったのである。

明治百年記念事業「青年の船」

私がまだ20代の頃の話である。高校、大学と進学したものの、特にやりたい事もなく、得意なものもなく、なんのとりえもない私。卒業後、とりあえずどこかへ就職しなければならない。今でこそ就活というものがあるが、当時はそんな言葉さえもなく、「コネ」がまかり通っていた時代である。私もコネにより、大手建設会社の大分営業所へ入社、所長と社員が僅か数名、私は事務員兼電話番兼お茶くみ係、小さな事務所に日中ほとんど私は一人である。暇な時は何をしてもいいとの事。こんな楽な仕事はない。数か月のんびりと過ごしたが、そのうちこのままでいいのか？　私のすべき事は他にあるはずだ……と焦ってきた。

そんなある日、次のような新聞記事に目が留まった。政府が明治百年記念事業として、「青年の船」（現在の「世界青年の船」事業）というものを企画、この船に全国の青年を乗せて、東南アジア諸国を「日本青年友好親善使節団」として訪問させる、というものであった。体中に電気が走った。

「これだ！　この船に私も乗りたい！」

その後この記事がクローズアップされ、当時の総理大臣なのかその関係者なのかはわからないが「船に女は乗せない！　若い男女が同じ船に乗ると問題が起きる！」と言うのである。それに怒ったのは「ウーマンリブ」という女性団体。猛烈に抗議が始まり、ついに「女性も乗せる」という事になり、全国で募集が始まった。

条件としては地域で活動している団体や会社からの特別推薦枠とそれ以外の一般枠。当然私は一般枠である。迷うことなく応募した。書類審査、筆記試験（英語、国語、小論文）、最後に面接である。各県約5名程度。全国平均14倍の競争率であったと聞く。幸い一般枠で私は合格した。他2名も一般枠、会社と団体の推薦2名の合計5名が大分県代表として選ばれた。ラッキーと思ったが、躍り上がって喜んだというほどのものではない。先を読み取る力もなく、感情のままに動く幼稚な21歳の私である。さて、どうしよう。合格したものの両親にも会社にも内緒で受けた。受かるかどうかもわからなかったし……。

会社には突然の退職で迷惑をかけてしまった。母親には猛烈に反対された。

「船なんて危ない、転覆したらどうするの！」

「外国に行くなんてとんでもない、帰って来られなくなったらどうするの！」

当時、外国へ行く事を〝外遊する〟と言っていた。私の周りでも外遊した人は一人もいなかった。それでも私は行きたかった。金銭面も自分で何とかした。53日間の旅行で手続きの諸経費と保険などで支払うのは当時のお金で7000円のみ。食事も旅費も国費である。母の猛反対を押し切り行く事にした。出発前に母は私の大きなスーツケースの底に「なたまめ」を忍ばせた。「なたまめ」は縁起が良いらしい。母のせめてもの安全祈願であったろう。当時は田舎の母親が心配するのも無理のない話であるが、今では笑える事ばかりである。


こうして、21歳の時、1968年（昭和43年）1月19日、東京の晴海埠頭から全国の青年男女に交じって「青年の船」に乗船した。53日間、東南アジアへの船旅に出発したのである。船は三井造船1万2000トンの「さくら丸」という大型船である。団長は日本ユースホステル協会理事長の横山祐吉さん（当時62歳）。副団長には日本赤十字社、青少年課長の橋本祐子さん（当時58歳），以下政府の参事官や教官など数十名の役人。我々団員は男性200人、女性100人、総勢300人、20人ずつのメンバーを1班とし計15班、男性2班、女性1班の3班が1グループとなり、船内活動を共にする。日本を出発して台湾→タイ→マレーシア→シンガポール→セイロン（今のスリランカ）→インド→フィリピン→沖縄、そして3月10日神戸に帰港。各国まで2～3日かかる。

その間船内ではいろんな勉強をする。各国事情、体育、音楽、救急法、クラブ活動等、学校並みのスケジュールである。それぞれの国に寄港すると下船して、観光や教育施設等の見学、現地の青年と触れ合い、時にディスカッションや食事を共にしたり、現地の家庭へ泊まったり、また船に招待してパーティーもした。私は音楽クラブだったので日本から着物も用意して趣味で習っていた琴を披露した。さほど上手くなくても喜んでもらえた。

このように様々な交流の中で友好親善を果たしていった。船の生活は、まず嬉しい事に毎日の食事が美味しく、常に食後のデザート付きである。時々、船長主催の晩さん会がある。この時は皆正装をして豪華な食事を頂く。航行中、赤道を越える時は「赤道祭り」というものがある。広い甲板でフォークダンスやゲーム、各班からの出し物、屋台まで用意されていて皆で楽しんだ。

見るもの聞くもの全てが初めての事ばかりで、毎日毎日、感動の心は鳴りやまない。女性は4人部屋だったが、男性は広い部屋に2段ベッドがズラリと並んで〝蚕棚〟と呼ばれていた。我々の班長は当時30歳、鈴屋の人事課長であった松隈昌子さん、副班長も30代、20代後半のお姉様方が6、7人。21歳の私は若い方だ。皆眩しく輝いて見える。男性も女性も都会の洗練された素敵な方々ばかりのように思えた。何も知らない田舎の小娘にはカルチャーショックの連続であった。帰国したら、私も皆のようになりたい！　視野を広げて勉強するぞ！　まずは英語から勉強をやり直そうと固く決心したものだったが……。20年後、船の同窓会ではお互いに〝自分以外、周りは皆素晴らしい方ばかり〟と思っていたことがわかり、20代は若く、初々しかったと回顧し、笑いあったものだった。

このように「青年の船」への参加は私の人生にとって、大きな大きなターニングポイントとなったのである。「青年の船」の事後活動として、結婚後、ホームステイ受け入れ家庭のホストファミリーを20年近くも続けてきた。そして「青年の船」の20周年の同窓会の後から、私たち男女3班、60名のグループの仲間たちは、幹事を決めて年に一度、沖縄から北海道まで各地で同窓会を開催している。グループの中には亡くなった方やいつの間にか住所不明になった方、体調の悪い方もいて参加者は30名ほどではあるが未だに交流が続いている。

傘バランス、日本一。

30年前の話である。息子が小学校5年生の頃、当時、「日本子どもチャレンジランキング連盟」通称「チャレラン」という教職員が作り出した全国組織のイベントがあった。子どもたちにいろんな事にチャレンジして記録に挑戦してもらおう、というものである。空き缶積み・くつ飛ばし・豆つまみ皿うつし・紙ちぎりのばし・梅干の種飛ばし・1分間ジャンケン・傘バランス、ご当地項目では大分のカボス運びなど多数の項目がある。

そのチャレランが大分で開催されるという記事を見つけた。面白そうなイベントだと仲良しの吉本さん親子を誘って会場へ行った。広い体育館には大勢の親子が参加していた。各コーナーが設けられ、自由に好きな所で記録にチャレンジするというものであった。

友人の子どもは「空き缶積み」へ行ったようだ。息子は迷うことなく「傘バランス」へ直行した。なぜこれにしたのか私には知る由もない。スタート前にトイレに行き準備万端である。6~7人ずつが並んで、畳んだ状態のビニールの傘の先端を人差し指の上に逆さに立て、傘が倒れるまでの時間を競うというものである。その時点の全国一のチャンピオンは45分の記録であった。

息子たちの順番が来て「スタート!」の合図で一斉に傘は人差し指の上。僅か数秒でバタバタと倒れていく。だが息子はじっと指先に傘を載せたままピクリとも動かず立ったままでいるではないか。なぜ? これはどういう事? 私が一番驚いている。傘は倒れない。数秒どころか1分経っても、2分経っても倒れない。次の順番の子どもたちが待っているのだが、息子一人だけいつまでも倒れないので「傘バランス」コーナーだけ進行が止まっている。

10分、20分、30分も経った頃、スタッフが息子の周りをガードするほどになった。吉本さん親子も驚いて傍で見守ってくれている。スタッフが興奮気味にマイクで「大分のこの場所から日本記録が生まれようとしています!」と絶叫のアナウンス。人々が息子の周りを取り巻きざわつき始めた。息子は相変わらず微動だにせずに傘の先端の一点をじっと見据えている。「すごいなあ」「どうしてこんな事ができるんかなぁ」と口にする子どもたちに当の本人が返事をしている。「ボクな、掃除の時間にほうきで練習してたんや」と。

えっ、掃除の時間に？　母としては苦笑い。ふと、我に返り、「そうだ、主人に知らせなければ」と。今のようにスマホのない時代。吉本さんに頼んで公衆電話から連絡してもらい、主人の到着を待った。

そしてついに今までの日本記録45分を越したのである。スタッフが「たった今ここ大分の会場からついに日本記録が生まれました！」と大声でアナウンス。周りがどよめいた。

私も息子を見守っていたが、45分を過ぎた頃から傘を載せた小さな指の先からポタッ、ポタッと汗が滴り落ち始めたではないか！　これ以上長くなると指が変形してしまうのではないかと、心配になった。

そして、ふとズボンに目をやると、わぁーチャックが開いたままだ！　スタート前にトイレに行った時に閉め忘れているのだ。気が付いてからと

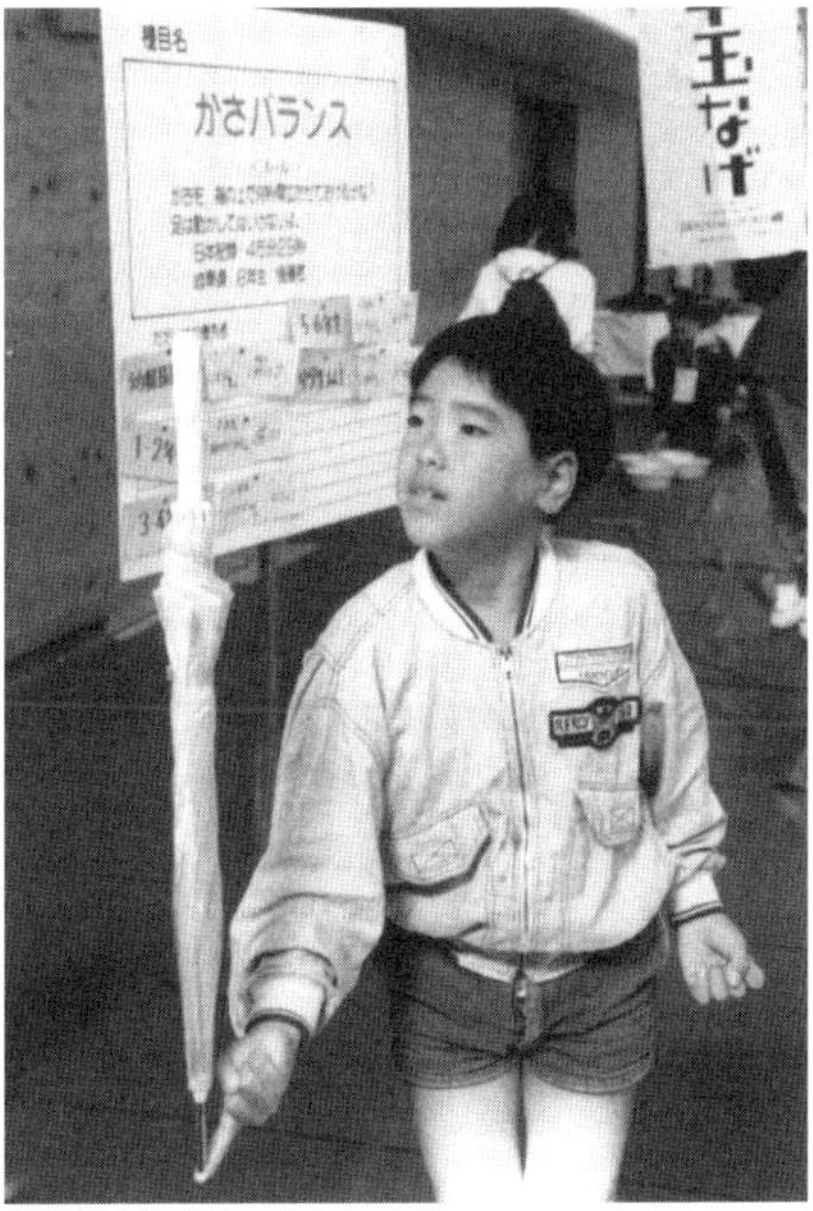

息子の橋本容昌《ようすけ》（小学５年生）
「傘バランス」日本新記録　１時間５分７秒

いうもの、その事が気になって仕方がない。皆にバレなければよいが……。

主人はまだか……記録はとうとう1時間を越えてしまった。ついに運命の時がきた！　1時間5分7秒、何の前ぶれもなく、フワッと静かに傘は倒れていった。周りから「わー！」のどよめき。「傘バランス1時間5分7秒」の日本記録を達成したのである。一斉に拍手が起こった。私は拍手の中、すぐさま息子に駆け寄り、抱きしめるふりをしてサッとズボンのチャックをあげた。

その事が後の記事に「母親も駆け寄り息子を抱きしめた」とあるが、違います！　バレないようにチャックをあげたのです！　この事は子ども遊び情報誌「チャレラン通信」の表紙写真になり、「傘バランス日本新記録樹立物語」の題で記事が掲載された。この時点からしばらくは〝傘バランス日本一記録保持者、橋本容昌《ようすけ》〟となったのである。長い人生の一時期でも日本一は素晴らしいが、掃除をさぼってこんな練習をしていたとは……親の知らないところで子どもは何をしているのかわからないものだ。

青年の船　訪問国の思い出

50年も前の遠い昔の事なので多くは思い出せないが、「青年の船」で印象に残った国の事を書いてみようと思う。

訪問国は台湾→タイ→シンガポール→マレーシア→セイロン→インド→フィリピン→沖縄→そして帰国。53日間の船旅である。

最初の訪問国は台湾。故宮博物館のヒスイの屏風に釘付けとなった。宝石のヒスイが30センチ角の板状に何枚も縦横に並んで一枚の

アユタヤ遺跡にて廃寺にそびえる塔

アユタヤ付近にて子どもたちと著者

屏風となっているのだ。艶のある濃い緑色のヒスイは今でも目に焼き付いている。私の憧れの宝石となった。

次はタイ。タイは、平野部では海抜1メートルという陸地の低い国である。船が近づくにつれ、まるで海にぽっかり浮かんでいるかのように緑の細長い陸地が近づいてくる。その景色の先にある未知の国に期待が膨らんだ。ブーゲンビリアの花がいたるところに咲き乱れ、タクシー代わりの「トゥクトゥク」と呼ばれる三輪タクシーもあちこちで人待ちをしていた。アユタヤにある山田長政のお墓は意外にも質素であった。それからメナム川（チャオプラヤ川）の水上マーケットに行った。泥水のようなメナム川で身体を洗い、洗濯もする。小さな船で果物などの売り買いもする。市民の大切な川なのだ。有名なエメラルド寺院（ワット・プラ・ケオ）は修復中で残念ながら見ることはできなかった。

次はマレーシア。マレーシアのクアラルンプールに寄港した。現地の青年を船に招いての親善交流があった。一人の現地の青年と同じテーブルを囲んだ。話が弾み、彼が言うにはここの海老は大きくてとても美味しいので、明日捕って船まで届けてあげると。すると翌日、伊勢海老のような大きく立派な現地の海老が届けられた。早速船のコックさんに頼んでボイルしてもらい、数人の仲間と頂いた。あの時の海老は美味しかったと今でも話題にのぼる。

次はセイロン。今はスリランカと言うが、当時はセイロンと言っていた。セイロンはまさに異国情緒たっぷりであった。人々の体型は独特のスリムさがあり、大きな瞳、焦げ茶色の肌、女性は美しいサリーを身にまとっている。

サリーの巻き方も体験させてもらった。自由行動の時、同じ部屋の仲間と街へ出かけた。本場の「セイロン紅茶」を飲もうとお店へ立ち寄った。そこに二人の日本人女性がいて声をかけられ、一緒にお茶を頂いた。一人はご主人が大手商社の方で、ここに一緒に来てい

上流階級のご婦人たちと。真ん中のワンピース姿が著者

るそうだ。もう一人は京都の某有名なお寺のお嬢さんで、インド舞踊を学びに来ているそうだ。楽しく談話し、別れ際に我々を近くの衣料品店へ連れて行って、「何でも好きなものを買ってあげる」と言う。ビックリしている我々に現地のお金は日本に持って帰れないので使ってしまわないと勿体ないからと言う。

若い私たちは遠慮なくそれぞれ好きなものを買ってもらった。私はインドシルクの生地を選んだ。シルクの神秘的な光を帯びた柔らかく美しく淡い色合いは、まさに黄金色である。今なら高価な品であることがわかるが、値段を気にせずにとても気に入ったものを買っていただいたという事が嬉しくて仕方なかった。そのインドシルクの生地は私の新婚旅行のワンピースとなり、今でも記念に大事に保管している。

次のインドでは驚いたことがたくさんあった。上半身裸の小学校低学年くらいの子どもたちが我々のバスに近づいてくる。小さな弟や妹を腰骨の上に横かかえして「ワンルピー、ワンルピー」と言っている。どうも小さな子どもをインドの1ルピーで買ってくれと言っているようだ。本気なのか、他に何かの目的があったのかもわからないままであったが、子どもたちの声が脳裏に残る。

少年少女たち

また牛が道路を横切る時には、我々のバスも他の車両もみな通り過ぎるまで待たねばならない。インドでは牛は聖なる動物として崇拝されているからだそうだ。

観光地の寺院に立ち寄る時は大変であった。寺院の中は素足でなければ入れない。境内の土の上はまるで焼けた鉄板のようである。我々日本人には飛び上がるほど暑い！　慌てて日陰に飛び込み足を冷やす。このように日陰伝いでないと本殿まで行く事ができない。インドは暑い国ではあるが、20代の私は日焼けも気にせずノースリーブで動き回っていた。ふと肩に目をやると、小さな白い粉のようなものが両肩にいっぱい付いていている。払ってみるが落ちない。よく見ると白いものは小さな火ぶくれで点々と肩一面にできているのであった。さすがインドという国は暑い！　日本人でこの地で僧侶になっている人が船に来られた。「トイレットペーパーが不足しているので援助してほしい」とお願いに来たと聞いた。我々の船が出航する時に、黄色の袈裟をなびかせて防波堤の先まで船を追いかけて、見送ってくれたその人の姿が今でも思い出される。

次のフィリピンでは、一般家庭に団員二人ずつ一組で招かれた。訪問先の家では親戚なども大勢集まってたくさんの食べ物を用意してパーティーを開き、我々を歓迎してくれた。当時は英語力も未熟なため、せっかくのパーティーなのに会話が弾まず申し訳なかった。それでも友好親善のため二人で協力して会話に努めた。そこのお母さんが冗談で「息子の嫁にならないか？」と言ったのがわかった。

フィリピンを出航する時、交流した各家庭からもたくさんの方が見送りに来てくれた。

当時は船の出航には別れのテープ投げは必至だ。色とりどりの紙テープが何十本と船上と見送りの人々の手を繋いでいる。私の訪問した家庭からもお母さんと息子が見送りに来てくれて、声は届かないがお互いにテープの端と端を持って出航の時を待っていた。すると息子がテープに何やら書いていたが「ひっぱれ」とジェスチャーで合図をする。手繰り寄せるとそこには「I love You」と書かれていた。私は照れ笑いをして大きく手を振った。

そして、最後は沖縄である。当時沖縄はまだ日本に返還されておらず、お金はドルを使用していた。たしか1ドル360円くらいだった。車は右側通行。基地の傍を通過すると頑丈そうなフェンスの向こうに飛行機の巨大な尾翼がズラリと並んでいるのが見えた。沖縄は米軍基地の町であることを目の当たりにした。海水浴場でさえ沖縄人用と米軍人用とに分けられ差別されていると聞いた。祖国復帰運動の真っ最中であった。それから4年後の1972年に沖縄はついに本土復帰を果たしたのである。沖縄のあのエメラルド色の海は当時も今も誰にでも分け隔てなく変わらぬ美しさで見る人を魅了する。こうして青年の船は訪問国での友好親善の交流を果たし、53日間の思い出多い船旅を終えたのである。

我が家のホームステイ

私は26歳で結婚した後、「青年の船」の事後活動の一環としてホームステイを受け入れてきた。政府や県からの要請もあるが、ここ大分県には民間から立ち上がった「郷土の文化と国際交流を考える会」という名称の組織がある。この組織は東京に住んで日本語を勉強している留学生に対して、「お正月を大分のホストファミリーのもとで過ごしませんか?」という草の根の国際交流である。私もここの会員である。

2~3日から2週間ほどのショートステイでこれまで約20年で15、16か国、20人くらいを受け入れてきた。活動の趣旨は外国の人に日本の生活や文化を体験してもらうというものである。といっても難しいことをするわけではない。もちろんボランティアであるが、食事は家族の人数を一人分増やすだけ。平日はおしゃべりしたり、テレビを見たり、一緒に買い物に行ったりし、週末には大分、別府、湯布院などの観光地へ連れて行く。我が家

夫婦で尺八と琴の演奏（国際交流親睦会の舞台にて）

は幸いに、私の父が尺八の師範で庭には趣味の盆栽が並んでいる。主人も尺八を、私は琴を披露できる。日本文化の体験にはもってこいのホストファミリーであろう。

子どもたちにとっても外国の人と触れ合うことは貴重な体験である。長男が幼稚園の頃などはフィリピンの留学生がステイし、一緒に寝たり、散歩に行ったり、言葉は通じないのに違和感なく共に過ごして、別れ際には泣き出すほどに親しくなっていた。いろんな国の人と接してきて、いろんな思い出がある。

最初にホームステイを受け入れたのは私がまだ20代後半の頃であった。県からの要請でネパールのチャパガイという青年を受け入れた。当時は外国の人がまだ珍しく、我が家にたくさんの友達が来た。通訳代わりに英語の先生も来て、宴会もどきの盛り上がりであった。彼は王族の一員で、帰国したらアメリカの当時の国務長官、キッシンジャーに会いに行くと言っていた。そんな偉いお方には見えなかったが……。

インドネシアのマナルという男性をほんの3日間ホームステイで受け入れた時のことである。彼はイスラム教徒で豚肉は食べない事は事前に知らされていた。そして日本に来てからも持参の敷物で朝晩熱心にお祈りを捧げていた。その彼が我が家に来た初日のことである。彼はトイレへ行った。その後に行くと壁や床に水滴が飛び散っている。これは何かと不思議に思いながら、とりあえず拭いておいた。次の日も同じような事が起こった。嗅いでみたが尿ではない、水である。トイレの事なので聞く事もためらわれた。とうとう謎のまま3日間を過ごし、彼は帰って行った。県庁からの要請であったので、担当の方へ聞いてみてこの謎がわかった。イスラム教徒は左手を不浄の手として、汚いものは左手で扱うとの事。つまり、トイレで用を足した後、ペーパーの代わりに左手で水をすくってお尻を洗ったようだ。それであちこちに水が飛び散っていた事がわかった。イスラムの人を迎える時にはトイレに水を入れた小さなバケツを用意しておくとよいそうだ。事前に教えて

ドイツのホルガ―と著者（元日の我が家にて）

おくれよ～！

私が40代になると毎年一人は受け入れるようになった。ドイツのホルガーは東京で日本語の勉強をしているとても賢い青年で、2週間のお正月ステイであった。大掃除を手伝ってもらったり、一緒におせちを作ったり、凧揚げをしたり、着物も着せてあげた。彼はうちでも毎朝新聞を読んでいた。日本の漢字は面白いという。自分の名前を〝徳川堀彫《ほりぼり》〟と漢字名を付けて面白がっていた。東京に帰ってからも日本語で手紙を書いて送ってくれた。しかしある時、ドイツの両親が離婚をした！　という悲しい手紙をもらって以降、彼との消息は途絶えた。

彼にはもう一度会いたいものだと家族では今でも話題にのぼる。

息子が通っていた大分県立雄城台高校はアメリカ、テキサスのオースチン高校と姉妹校である。雄城台高校が親善交流としてオースチン高校の生徒20名と引率の先生一人を招待したことがあった。生徒は一人ずつホームステイ先の家から学校に通い、一緒に授業体験をしたり、部活動を見学したり、週末にはバーベキューなどをして楽しんだ。我が家では引率の先生マルコムのホストファミリーとしてお世話をした。彼は45歳の音楽の教師である。マルコムに教師として大切な事は何かと尋ねた事がある。彼はすぐに「Respect（尊重、敬意）」だと答えた。ある時、同行の女子生徒がマルコムに自分の髪の毛をリボンで結んでもらっている姿を見て驚いた。日本中探しても教師と生徒の間でこのような光景にはお目にかかれないだろう。

帰国後、数年経ち彼は友人を連れて、また我が家へやって来た。連れてきた友人は京都出身の日本人で、日本に帰国するついでに、一緒に大分までついて来たのだ。彼はテキサスで医学書を翻訳し、日本人ユーザーに送っているとの事。英語が堪能であればこのような仕事で高収入を得る事ができるのかと感心した。そしてそれから10年ほど経った頃、マルコムは三たび我が家へやって来た。よほど日本が気に入ったのだろう。その時の彼はロマンスグレーになっていて、少し太っていたが貫禄があり、良い人生を重ねてきたのだろうと想像できた。

シンガポールのイプ・ゲオックコンは若くスラリと背の高い女性である。彼女とはしばらく手紙のやりとりも続いていたので、娘の大学合格のお祝いを兼ねて中学生であった息子と3人で春休みに会いに行く事にした。まだ家族だけの海外旅行には慣れていなかったので、香港とシンガポールをまわるツアーにしたのだが、ツアーは他のツアー客たちと団体で行くものだと思っていたら、我々3人だけで現地ガイド付きであった。とたんにゾッとした。不安は的中して台湾での乗り換えで1時間近くウロウロした事を思い出す。

シンガポールにもうすぐ到着、そろそろシートベルトを着用する頃、窓の向こうに黒い雲が何本にも立ち昇ったのを見たと同時に、身体が宙に浮かぶような感覚と共に「キャー」という悲鳴が上がり新聞紙が宙を舞った。ガタガタガタガタと数秒間の揺れの中、機内は水を打ったようにシーンと静まり返った。揺れがおさまると娘が、「シートベルト、シートベルト！」と叫んだ。「只今エアポケットに入りましたが心配ありません」とのアナウンスがあったが、一瞬、御巣鷹山の墜落事故が脳裏を過った。それからしばらくの間、いざという時のため、飛行機に乗る時は紙とペンを手元に置いていたものだった。

シンガポールの空港はたくさんの花々で飾られてとてもきれいだった。そこへイプが迎えに来てくれていた。久しぶりの挨拶を交わし、イプの案内でいろんな所へ行った。動物園で初めて〝おおかみ〟を見て感動した。有名なマーライオンも見た。

シンガポールでは様々な罰金制度があると聞く。花を取るな、鳥にえさをやるな、唾を吐くな、ここでたばこを吸うな、この時間は飲酒禁止などたくさんの厳しい罰金制度のため、街はとてもきれいである。

観光の後イプの家に行く事になった。途中に果物屋があった。そこでかねてから見たい、食べたいと思っていた果物の王様と呼ばれるドリアンを買った。お店の人が「食べた事があるか?」と聞く。「割ってあげるから食べてみろ」と言う。ドリアンはスイカほどの大きさで、硬いとげのようなゴツゴツとした突起がある。お店の人はナタのような刃物で半分に割ってくれた。すると何とも言えない異様な臭いが漂った。食べてみたが臭いが強すぎて味が感じられない。なぜこれが果物の王様なのか? お店の人たちは我々日本人の反応を笑って見ていた。あまりに臭いので新聞紙にくるんで紐をかけてもらい、イプの家へ持って行く事になった。バスに乗ったが臭くて周りの人々は迷惑であっただろう、いや、現地の人は慣れているかも……イプのマンションについた。玄関の二重扉が珍しかった。

お母さんがニコニコ顔で迎えてくれた。お母さんと二人暮らしでセンスの良い、おしゃれな部屋だった。ここで毎日幸せに暮らしていることが想像できた。

台湾の文慧《ぶんけい》も日本語を学びに来ている留学生である。お土産に頂いたのがお菓子のように甘い台湾の梅干しとカラスミであった。私はカラスミを食べた事がなかった。彼女は料理が得意なようで、カラスミにお酒を少しずつかけながら丁寧に焼いてくれた。私たちはいつものように彼女にも日本文化を十分に堪能してもらった。我が家を気に入ったようで翌年も友達を連れてやって来た。

ホームステイのお別れの時には、いつも色紙を渡してサイン付きで感想を書いてもらっている。文慧にも色紙を渡した翌日、それを受け取ってビックリした。色紙いっぱいに大きな竜の頭の絵が描かれていた。細いペン先を使い、細かい線で竜のひげを見事に描いていた。絵の才能もあったのだ。台湾の実家は大きなガラスビンの製造工場であったが、倒産したらしく、今では音信不通となっている。カラスミを見れば文慧を思い出す。文慧にも会いたい……。


このようなホームステイでいろんな良い思い出がたくさんできたが、1件だけイヤな事があった。ある国の二人の女性の事である。

ホームステイでは我が家での生活に関することをまず初日に説明をしておく。家族の一員としての対応であるから、身の回りのことは自分でやり、日本の日常を体験してほしい事。故に布団の始末、風呂やトイレの使い方、洗濯の仕方、食事のマナーなどを教えておく。早速、夏の時期であったので、日本の夏はソーメンとばかりに彩りよく具をたくさん載せて昼食に出した。ところが一口食べて、「これは好きではない、オートミールはないのか」と冷蔵庫の中を物色する。洗濯機の使い方も教えているが、2、3日経っても洗濯をする様子がない。1週間のステイであるが、さすがに下着は困るだろうとたまりかねて尋ねた。すると「洗濯はあなたがするのではないのか」と言う。またもや驚いたが、丁寧に説明をして洗濯をさせた。二人分なので、たこ足ハンガーは女性ショーツの満艦飾となった。これを見ていた中学生の娘が、「どこの国の人もやはり人柄だよね」とつぶやいていた。世界には様々な人がいることを痛感した。このように我が家のホームステイは様々な思い出と共に子どもたちの教育にも役に立つ小ラッキーであった。

イタリア救出の旅

その1　娘が病気！　出発編

今から20年ほど前、音楽（声楽専攻）を専門に学んだ娘はある夏、イタリアの音楽セミナーに短期留学した。1週間経った頃、国際電話がかかってきた。イタリアで発熱し、なかなか下がらずに入院したという。わぁー、大変だ！　どうしよう。だけど外国なのでどうすることもできない！　慌てる私。

するとと主人が「すぐに助けに行け！」と命令口調。

「えっ、私が？　行けるわけないよ。あなたが行って！」

「病人に男は役に立たない」

しばらく押し問答。結局私が行くしかない、という事になった。しかし、私の仕事は学習塾。夏休みが一番忙しい。夏期講習をどうする？　英語も日常会話程度、ましてやイタリア語なんて。その上私は方向音痴である。ツアーでもなく、ガイドもいない。私一人でイタリアへ？　信じられない。しかし行くしかない！　娘の一大事だ！　よし！　と全身に力を込めて決心したとたんに足がガタガタ、ワナワナと震えてきた。人生思わぬラッキーもあるが、この時ばかりは大きな落とし穴へ転がり込んだような気がした。

夏休みは午前中が塾の時間である。翌日の午前中、塾が終わると同時に猛烈な勢いで支度にかかる。私のいない間の代理の指導者を探し、教室生の保護者へのお知らせ、自分の旅支度、その間主人は旅行会社へ航空券、宿泊ホテル、銀行でユーロへ換金。幸いにも娘は旅行保険をかけていたので、救援者費用は出る。お金の心配はない。そして大事な国際電話を入手、今のように携帯は普及していない時代である。ましてや使ったこともないし、説明書を読む時間もない。近くに住む妹一家に助けを求める。姪が国際電話の使い方をわかりやすく書いてくれた。さらに私はイタリアでお世話になったであろう方々へのお土産や、病気の娘のために食べられそうなものなどを買い込む。自分の荷物は最低限。ひとまず荷造り完了！　決心してから僅か一日半で家を出発。大分空港へ向かう車の中でようやく家の事、塾の事、イタリアからの連絡、病気の事などを主人と打ち合わせる。

こうして私は成田空港から、アリタリア航空に乗り込んだ。機内では成田の売店で買ったイタリアのガイドブックを必死に読んだ。ガイドブックの巻末にある主要都市の地図でホテルを探す。ホテルのチケットの住所と地図を照らし合わせる。今では考えられないようなアナログ作業である。およそ理解できたが方向音痴の私である。ホテルまでの道順を何度も頭の中で思い描いた。私は今、たった一人でイタリアのフィウミチーノ空港へと旅立っているのである。そして娘のいるサレルノという所まで行かねばならない。娘の病気も心配だが、私がその病院にたどり着けるかがさらに心配になってきた。

その2　イタリア到着編

ついにフィウミチーノ空港に着いた。一人で降りて行く。緊張で足がこわばる。誰一人知った人はいない！　心の中で自分に言い聞かせる。

（まず、落ち着くのだ。今からたった一人。自分だけで娘の真帆《まほ》の所へ行くのだ。慌てずゆっくり行こう）と大きく深呼吸をする。

さて、到着荷物のターンテーブルが動き出した。それを見て、

（もしも私の荷物が出てこなかったらどうしよう……なくなったらどうなる……）

考えていたらジトーッと冷や汗が流れてくる。見逃さないようにターンテーブルに目を凝らす。あった！　あった！　私のカバン！　安堵の汗がドッと身体中を流れ落ちる。

荷物を取ってローマ行きの列車へ向かう。時は夏、日本もイタリアも同じ暑さだ。外気温が高い。汗が噴き出す。そうか！　汗には3種類の汗があることに気が付いた。高気温の汗、冷や汗、安堵の汗の3種である。入院中の娘はというと、自分の身体の心配もあるのに、一人でイタリアに行く私の事もさらに心配なはず。大丈夫と言いたいが、私だって心細い。何度か国際電話でやりとりをしている。その中でイタリア人はすぐに女の人に声をかけるので隙のないようにと教えられていた。ローマから少し南のテルミニ駅に一人で降り立った。

さて、次はホテルだ。飛行機の中でシュミレーションした道順の通り、キリリとした顔で隙のないようにスタスタと歩いた。誰からも声をかけられず、迷う事もなく、目的のホテルへ着いたではないか！　何と素晴らしい。方向音痴の自分を褒めてやりたい。チェックインもできた。もう外は薄暗くなっている。鍵を渡され2階の部屋へ階段で上る。時代劇に出てくるような大きな房の付いた鍵でガチャリと開けた。部屋の電気はどこ？　日本ならすぐ壁にスイッチがあるのだが……薄暗いのでわからない。何やら紐のようなものがぶら下がっている。これかな？　と引っ張ってみた。とたんにリリリーンと大音量！　慌ててフロントへ駆け降りる。どうも非常ベルの紐を引っ張ったようだ。

一息つく間もなく、すぐに駅へ引き返さねばならない。なぜならガイドブックによると特急列車のチケットは予約が必要であるため、今日のうちに買っておかねばならないのだ。駅に戻り、うろうろしながらも娘のいるサレルノ駅までのチケットを買う事ができた。ついでに駅員さんにチケットを見せて何番ホームかと聞くと「6番ホーム」と言う。これでよし！　少し心に余裕ができて、ホテルに戻り英語が話せるフロントスタッフと話をする。かくかくしかじかとたどたどしい英語で事情を話した。娘は旅行保険に入っていたので、領収書があれば保険がでる。そこで「領収書ください」とイタリア語で教えてもらった。「ricevuta per favore」（リチェブータ、ペルファボーレ）と言う。大事な一文だ。今でもこれだけは覚えている。

やっとお風呂に入る、といってもシャワー室である。ドアは半円形をした透明のプラスチック製、中に入るとまるで私は人形ケースの中にいるみたいだ。夕食後、無事に着いた事を主人に報告するため、姪の書いてくれたメモを見ながら国際電話。主人の声を聞くと緊張の糸が切れて涙がホロリ。長い一日であった。やっとベッドへ入った。爆睡した。

その3　ローマ駅でのトラブル

翌朝、テルミニ駅へ向かった。スタスタと、いかにも慣れていますす風に。それにしても誰か一人くらい声をかけてくれても良さそうなものを、おばさんには興味ないか……なんて思いながら駅に着いた。大きな駅である。ポリスマンが立っている。チケットを見せながら念のため聞いてみた。プラットホームは何番か？　と。すると9番だと言う。はて、困った。昨日の駅員は6番、ポリスは9番！　だが駅員の言う通り6番ホームへ行く事にした。そこには車両が止まっていて運転手が窓から顔を出していた。チケットを見せながら再度聞いてみた。すると3番だと言うではないか！　一体どうなっているのか！　周りを見ると老夫婦が立っている。英語が通じたのでまたまた聞いてみた。すると「私たちもこの列車でナポリに行くからここで大丈夫だ」と言う。やれやれこれでひと安心。イタリアに来た訳を話しながら列車を待っていた。

すると、ご主人の携帯が鳴った。何やら数秒話すや否や、奥さんと私にジェスチャーで

「ついて来い」と走り出した。何だかわからないが二人の後について私も走った。そこは9番ホームで、二人を見送りに友達が待っていた。3人で猛烈に話している。一息ついてから私に事情を説明してくれた。ホームが6番から9番に変わっていたようだ。友達が知らせてくれなければ特急列車に乗りそこなうところだった、と。後で聞くと、イタリアでは急な変更が当たり前のようにあるので、当日の確認が必要だとのこと。結局ポリスマンの言う通りだった。ちなみに3番は私の車両の座席番号であった。

私が老夫婦に声をかけていなかったなら乗り遅れ、その後どうなっていたか……ゾッとする。この事は大ラッキーであった。この特急列車はローマ、テルミニ駅から目的地サレルノ駅まで2時間、サレルノ駅では娘の友達が迎えに来てくれる手はずになっている。とりあえず目的地までの車中は安心である。しばし車窓からの眺めを楽しんだ。ナポリやポンペイの聞き慣れた駅も通過した。

車中でようやく落ち着くと、しなければならない事がある。バタバタと一日半で飛び立ったので、まずは関係のある人たちに連絡をとらなければならない。皆一様にイタリアからの電話とその訳に大仰天であった。ようやくサレルノ駅に着いた。日本人は一人もいない。私だけが外国人だから、迎えの人がすぐに見つけてくれるはず。安心して待っていた。当たり前だが周りはイタリア人ばかり。白昼堂々とキスをしているカップルもいる。さすがここはイタリアだ！　すぐに娘のイタリア人の友人が車で迎えに来てくれた。挨拶を交わしいよいよ娘のいる病院へ向かった。

その４　病院編

病院に着いた。娘はまずまず元気な様子でとりあえず安心した。娘から、私から、お互いにこれまでのいきさつを話しまくった！　そして翌日から、私は宿泊ホテルから病院まで毎日徒歩で往復した。病院では毎日のように音楽セミナーで知り合った友達が何人もお見舞いに来てくれる。イタリア人だけでなく、ロシア人、韓国人、スペイン人、日本人もいた。お見舞いに果物のラフランスを毎日頂いた。このラフランスが私の昼食になった。医者や看護師、清掃員、様々な人が病室に来る。娘は声楽専攻なのでイタリア語で歌うことが多い。そのため簡単なイタリア語はわかるようだ。病院内では日本人の女の子が入院していると噂になり、興味本位でだれかれと病室に来ては話しかけてきたそうだ。高熱の時も必死で病状を説明したら、清掃のおじさんだった、と。

ところで日本にいる主人はといえば、「俺は司令官、お前は兵隊、イタリアへ行って娘を無事に連れて帰れ！」と私に命令。その司令官殿は大変な思いをしていた。20年も前の事、我が家にはパソコンも携帯もないし、使い方も知らない。頼るのは電話のみ。司令官殿は情報収集が得意である。まず、保健所に病状を説明したところ丁寧に対応してくれて、当時ロール紙であった我が家のFAXには娘の病気に関する情報がおよそ1メートルにも及ぶ長さで送信されてきたそうだ。その情報には重篤なものも入っている。それらを読んだ主人は一人大分の地でかなり深刻にとらえたようだ。娘の白血球値が下がっていることから白血病かも……との素人の勝手な思い込みでイタリアの私の元へ電話をしてきた。

「おい。大変な事になるかもしれない。覚悟をしておけ！」と。

私はFAXを読んでいないし、目の前にいる娘は元気だし、覚悟といっても、それほどの深刻さはない。だが、主人はそれからあの手この手で情報収集を行った。

まずは日本のイタリア大使館に電話をして事情を話し、ローマ在住の日本人医師の情報を聞き出し、電話番号を知らせてきて、助けてもらうように、と。早速私はその日本人医師へ電話をかけ、事情を説明した。白血球値が低いこと、熱が高いこと、イタリアの医師からは「骨髄検査」をすると言われていることなどを話した。そして「言葉がわからないので助けてほしい」とすがる思いでお願いをした。日本人医師は理解してくださり、病室へイタリア人医師が来たら電話を自分にかけるように、と。その後病院のイタリア人医師に電話を繋ぐと、二人でしばらく話していた。そして電話は私の手元へ。日本人医師は「日本へすぐ連れて帰りなさい。心配ありません。日本の病院でもう一度診察してもらいなさい」と。神のようなお言葉！　嬉しさに涙声で幾重にもお礼を言った。日本人医師に連絡ができて、助けてもらえたことは大・大・大ラッキーであった。後日、日本からお礼の手紙と大分銘菓を心を込めて贈った。

ところがそれからがまた大変であった。娘が退院希望であることを告げると、イタリア人医師は声を荒らげて何やら言いながら病室から出て行った。「すぐに出て行け！」と怒ったらしい。帰るに当たっても難題があった。日本での病人の受け入れ先がなければ退院ができないと言うのだ。その事で、日本にいる主人はその頃大変な思いをしていた。後に主人から聞いた話だが、東京の数々の大病院へ、一軒一軒電話をして事情を説明し、入院のお願いをするが、答えはどこも同じである。

「初診もなく、入院はできません。まず、こちらで診察を受けてください」

「入院の許可がなければイタリアの病院を退院できないのです」

と、この問答の応酬であったそうだ。結局全ての病院で拒否されてしまった。確かに診察もしていないのに入院を！　とは無理な話であるが、こちらも娘の命に関わる事。必死であった。主人は諦めなかった。最後の手段、日赤に再度電話をした。同じやりとりの末、主人がやおら持ち出した言葉はこのようなものだった。

「日赤というのは美智子皇后が名誉総裁ですよね。なんびとの命をも救うのが日赤ですよね」

すると電話口の相手の様子が一変し「少々お待ちください」と告げられ、しばらくすると部長先生とやらに繋がったらしく、また一部始終を丁寧に懸命に説明し、受け入れ先が決まらないとイタリアの病院から退院できない旨を伝えた。すると部長先生が「わかりました。私が責任を持ってお引き受けします」というお言葉。主人がどれほど喜んだか、言うに及ばず、書くに及ばず。日本ではこのような主人奮闘の末、イタリアの病院をようやく8日目で退院、そして帰国できる事になったのである。

その5　帰国編

　このようにして私がイタリアに渡って5日が経ってから、娘を連れてようやくイタリアを出国できる事になった。その間旅行保険の東京海上火災保険会社の方々には何から何までお世話になり、万事の手はずを整えていただいた。翌日早朝4時に救急車が先に私を迎えに来てくれる手はず。ロビーで待っているとホテルの支配人がエスプレッソを入れてくれた。このコーヒーが美味しかったこと！　しばらくすると救急車が来た。運転手は全身赤い制服でレスキュー隊のようなお兄さんであった。私が乗り込み、次は病院で待っている娘の所へ。娘の体調も落ち着いている。まずは安心である。これなら日本までの長旅も大丈夫であろう。ようやく二人とも安堵して、しばし明るくなってゆく窓からの眺めを楽しんだ。ナポリあたりで朝日が昇り始めた。今回の事でお世話になった全ての人々に感謝の気持ちを込めて朝日に手を合わせた。

　救急車で3時間くらいであろうか、ついにフィウミチーノ空港へ着いた。赤い制服のお兄さんはテキパキとJALカウンターへ連絡。すぐにJALの方が来て、チケットや荷物などの手続きを全てしてくれた。我々はそのまま機内へ。なんと席はビジネスクラスである。病人がいるので当たり前の事らしいが、付き添いの私までも。ビジネスクラスは機内前方に8席ほど。周りは何だか裕福そうな方ばかりである。病気の娘は、リクライニングの座席でまずは安静にゆったりと身体を落ち着かせた。私はと言えば、初めて乗るビジネスクラスが珍しくてキョロキョロ。さすがにビジネスクラスの座席は広い。各座席それぞれに小型テレビが付き、足元は長々と伸ばせる。しばらくすると食事が出てきた。アルミの弁当ではない。立派な陶器である。その上、10種類ほどの小瓶のワインやケーキも。私は小瓶のワインを全部頂くことにした。なぜなら今回のイタリアでは観光はおろか、お土産一つ買える状況ではなかったのだ。せめて頑張った主人へのお土産にと。飛行機はイタリアを飛び立ち、給油のためにモスクワに着いた。乗客も一度機外へ出てロビーへと移動させられた。他の乗客はロビーで買い物などをしているようだが、我々は動く事ができない。待ち時間に日本にいる主人へ電話をした。「今、モスクワよ」と。主人は乗り間違えたのかと、とても驚いていた。再び機内へ。

そろそろ日も暮れ始めた頃、飛行機は飛び立った。娘の様子も問題なさそうだ。安心して日本到着を待つのみ。

私はいつもそうであるが、飛行機に乗ると、窓から外の景色を眺めるのが楽しみである。ずーっといつまでも飽きることなく眺め続ける。今、私は暮れ行くモスクワの街を上空から眺めている。ポツポツと家々の灯りが見える。灯りはどんどん小さく点となり、グレーの大地が広がっていく。上昇するにつれ、白っぽく見える大河が蛇行しているのが見える。夕日が大地に隠れようとしている。オレンジ色の光線を帯のように大地に沿わせて左右にどこまでも長く伸ばしている。なんという美しさ！　夢の中なのか！　このような美しい光景は今までに見たこともない。神々しさに全身が硬直した。

ふと、我に返る。小さな窓に顔をくっつけて、目だけで光線を追い続けていた。はた目には、手をいっぱいに広げて窓にへばりついて動かないイモリかヤモリのように見えるだろうな……なんて思っているると、「お母様」とCAのお姉さんに声をかけられた。

「お母様、この度は大変でしたね。私ども、お嬢様に何もしてあげられませんが、せめてこれを差し上げてもよろしいでしょうか……」とその手には白いお守りがあった。

「これは白山比咩《しらやまひめ》神社のお守りです。私たち航空関係の者がフライト前に安全祈願に頂くものなのです。」と……。

この言葉に夕日の感動で揺さぶられていた心は、さらに熱く、深くこみ上げて来る涙を抑えきれずにお礼の言葉を絞り出すのが精いっぱいであった。さっきまでヤモリのごとく窓にへばりついていたのに、声をかければ涙でクシャクシャ顔のおばさんになってしまい、CAのお姉さんは、さぞおかしかったであろう。

帰国後、JAL宛にこの心温まる嬉しい出来事についてのお礼の手紙を大分銘菓と共に贈ったことは言うまでもない。出発から帰国まで次々にいろんな出来事があったが、たくさんの人々の助けをかりて、ようやく成田空港に降り立つ事ができた。

飛行機が無事に成田空港に着陸すると、JALスタッフがすぐにタクシーを手配してくれて日赤病院へ直行。安心安全な日本の病院へ即入院。娘は骨髄検査を受けた。その診断の結果はごく一般的なウィルス性疾患で心配なものではないと言われ、ほっと胸をなで下ろした。日赤に入院後は何も特別な治療をすることもなく、ただ静養し、落ち着いた頃無事退院となったのである。

その後の話ではあるが待ち構えていた日赤の部長先生は「美智子皇后の関係筋のどんな高貴な方が来られるのかと思った……」と言ったそうだ。心の中では（なあんだ、こんな小娘が……？　しかも一過性のウィルス性疾患！）と思ったに違いない。

大騒動で申し訳なかったが、受け入れてくださった部長先生には心から感謝の気持ちでいっぱいである。

娘はその後も音楽活動を続けているが、このイタリア入院時のある経験から「アベマリア」の曲に対しての思い入れが変わったという。

それは入院2日目、皆が寝静まる夜中、解熱剤をもらうため、ふらつきながら部屋を出た時のことである。ふと目にした廊下の突き当たりの壁に向かい、車椅子に座ってじっとしている一人の白髪の老婦人がいたのだそうだ。よく見るとその壁には一面にマリア像が描かれどうやら祭壇のようだったと。夢か幻かと思うような光景だが、20年経った今でもその瞬間が絵画のように思い出されるらしい。

あの老婦人はどうしてあんな夜中に一人で廊下にいたのであろうか……マリア様の足元が一番心が落ち着く場所だったのだろうか……。

娘は「アベマリア」を歌う時には、いつもあの老婦人の姿が音に乗って浮かび上がるようになったのだと言う。

娘にとってもイタリアでの出来事は、人生の貴重な1ページとなったことであろう。

眼科で気絶寸前！

10年も前の年末の事。当時眼科に通っていた。眼球に傷がついているらしく夕方になると、目を開けていられなくなるほどつらくてシバシバしてくる。先生が「正月を越すためにとりあえず保護用のコンタクトをしましょう」と。私はコンタクトをしたことがない。椅子に座ると、看護師さんが液をつけて指の先にコンタクトを載せて、私の片目に入れようとしてくれるのだが、目の中に異物が入るなんて初めてのことで身体が硬直する。

「肩の力を抜いてください」と言われても硬くなってしまう。

「大丈夫ですよ。リラックスしてください」

看護師さんも優しく声をかけながら、根気強く何度も何度も同じ動作を繰り返すが、私はどう言われても身体がこわばり、力が入ってしまう。10回以上もしたであろうか、ようやく片目にコンタクトが入った。「フゥーッ」と大きく息を吐く。さて、もう片目が残っている。また、同じ動作が繰り返される。片目には何とか入ったものの慣れてきたわけではない。同じく身体は硬直状態。またもや10回近くもしたであろうか、やっともう片方の目にも収まったようである。

看護師さんの「終わりましたよ」の声を聞いたような気がする中、とたんに身体中の力が抜けて椅子の背もたれにぐにゃぐにゃと崩れてしまった。気絶寸前である。驚いた看護師さんは身体を支えてベッドへ寝かせてくれた。先生もびっくりして「大丈夫ですか！」と声をかけてくれるが、私の手先は小刻みに震えている。それを見て「救急車を呼びます！」と言う先生に私は、「いえ、大丈夫です。主人を呼んでください」と頼んだ。

「○○眼科です」

「奥様が倒れましたのですぐに来てください」

主人にしてみれば（眼科で倒れるとはどういう事か？）と合点がいかなかっただろうが、とにかくすぐに来てくれた。その時点で私はかなり落ち着いていたので、家に帰ろうとしたけれど、「とんでもない！　すぐに総合病院へ行ってください。結果を知らせてください」と先生に止められた。迷惑をかけてしまったので言われるままに病院へ行った。診断の結果は「急性低血圧」ということであった。つまりコンタクトの装着による緊張感で血圧が急激に下がったとのことであった。

たかがコンタクトくらいでこれほどの大騒動になるほどビビリ屋であったかと自分が情けない。だが、思い出すと小さい頃から顔に水がかかるのさえイヤだった。ましてや水中で目は開けられない。目薬も自分ではさせない。究極がコンタクト装着で気絶寸前のビビリ屋であったのだ。こんなビビリは恥ずかしくてその眼科にはもう行けない。だが今では白内障もあり、毎日目薬を差している。腕を上げたものだ。

日テレ珍事件

主人は若い頃、脱サラをしていろんな事業を興すが何度か挫折している。苦労と努力の結果、県内に数か所アパートを建て、オーナーとして晩年はのんびり過ごしている。ある年の秋、アパートの建設会社の本社見学会に二人で招待されて東京へ行った。そのついでに東京に住んでいる娘一家に会う事になった。

宿泊先のホテルのロビーで夕方待ち合わせをしたが、約束の時間が1時間遅くなるとの連絡。そこで一旦部屋へ戻った。私はコーヒーを入れ、主人はテレビをつけ、チャンネルを変えて日本テレビを選んだとたん、突然「えー!? あぁー!」とすっとんきょうな声を上げた。振り向いた私にテレビを指さし「なんじゃ、これは?」と言う。そこにはナント、今から会うはずの娘と孫二人の顔が映っている。しかもインタビューに答えているではないか。一体これは? 来る途中でテレビに? いや、服装は夏服、しかも孫たちは工作の出来栄えを答えているようだ。「日テレの○○広場からでした」と締めくくり終了。ほんの数分間の出来事であった。

さっそく娘に電話をすると、

「えー！　今映ったの！　夏に親子で日テレの工作教室に参加した時のインタビューだったけど、いつ放映されるか私たちも知らなかったのよ。私たちが見ないで、大分から来たお父さんとお母さんが見るなんて！」

奇跡的な偶然である。大分でなく、東京にいたからこそ！　娘たちが時間通りに来なかったからこそ！　主人がチャンネルを変えたからこそ！　偶然にもこの数分間の映像に出会えた。一つでも欠けていれば、見ることができなかったであろう。トリプルラッキーが引き起こした大ラッキーであった。

「青年の船の集い」

その1　幹事の大役が！

総理府が明治百年を記念する国家事業である「青年の船」の事を前に書いたが、その船に21歳で団員になって乗船した経験は、私の人生の大きなターニングポイントとなり、重大な位置を占めている。

船の仲間の小グループ60名中半数とは、50年経った今もまだ交流が続いている。「青年の船の集い」と称して、毎年誰かが幹事となり沖縄から北海道まで全国各地で同窓会が開かれている。

東日本大震災の翌年である2012年（平成24年）の秋、宮城県の鳴子温泉で開催された時の事である。宴もたけなわ、次回はどこで開催するかの話になり、宮城県の幹事から、

「温泉番付表では、東の横綱はここ鳴子温泉、西の横綱は大分県の別府温泉です。次回は大分県の橋本さんにお願いしたいと思います」

と予期せぬ指名をもらって面食らったが、意を決し、引き受ける事にした。全国からの参加者20～30名に対して2泊3日のプランを立て、大分県の観光のお世話を一人でしなければならない！　幹事という人生初めての大仕事である。

まあ、来年の秋、1年先の事。まだ時間はたっぷりある。何とかなるだろうと私は気になりながらも悠長に構えていたが、刻々と日常は過ぎていく。ついに新年になり、あっという間にゴールデンウイークが近づくと旅行のチラシやカタログがひんぱんに目に触れる。いよいよ私も動き始めねばならない。

その2　ラッキーな出会い

いよいよ「青年の船の集い」開催へ向けて活動開始！　最重要課題はたくさんの人に出席してもらえる日を決定すること。そのために5月にアンケートを発送した。

その結果、最多人数、参加可能な日は10月27日（日）・28日（月）、希望宿泊地は湯布院と別府に決定。細かい事はアンケートのお陰でやりやすかったが、次はバスと宿を手配せねばならない。旅行会社や観光案内所に相談するが、行楽シーズンなのでバス代が高い。1日10万円、安くても6～7万円とか。なかなか決められないまま7月になってしまった。

ある日新聞に〝日本一のおんせん県おおいた〟と車体にラッピングしたバスを発見。宣伝を兼ねたバスなら安いかも……と早速そのバス会社に連絡をして「全国から30名ほどの団体、2泊3日の観光を設定。幹事は私一人」と事情を説明した。するとバス会社の所長さんが「それを一人でやるのは大変ですよ。僕に任せませんか？」と。なんという嬉しいお言葉！　願ったり叶ったり！　その上「他のどのバス会社よりもウチが一番安いですよ」と。何にも代えがたい大ラッキーを引き当てた！

その所長さんは私にとって、まさに「福の神」である。湯布院の宿、別府の宿、昼食のレストラン、バスガイド付きの観光コース、会費の見積もりまで立ててくれた。所長〝様様〟である。所長さんいわく、「この秋の行楽シーズンにバス観光付きで湯布院に泊まって会費25000円はありえませんよ」と何度言われたことか！　こちらも「所長さんのお陰です」と何度お礼を言った事か。

実はバスも宿も昼食レストランも、全て親会社の傘下の企業だったからこのように格安にできたという事らしい。本当にラッキーな出会いだった。

その3　昼食レストラン

10月28日の昼食は久住高原の眺めの素晴らしいホテルとなった。9月中旬にはバス会社の所長に連れられて挨拶と打ち合わせに出向いた。「28日ですね。人数を早目にお知らせください」とホテルの支配人。

「はい、26人の予定ですが、2～3人変更があるかもしれません。確定しましたらご連絡します」と私。

それからしばらくして、9月28日、支配人から電話が入った。

「橋本さん、今日は何時頃お着きになられますか？」

「えっ！　今日？　私、行く約束をしていましたか？」

何かの打ち合わせだったか？　頭をフル回転させるが思い当たらない。「28日に団体様でお見えになるという事でしたが……」

ハッと気が付いた。10月28日を9月28日と勘違いしたようだ。え～どうしよう！　バス会社の所長さんも交えてきちんと話したはずだが……。

「9月ではなく、10月28日のランチなのですが、26人分用意されたのですか？」

「はい……」と当惑気味の声。私はうろたえるばかり。私の責任？

「でも……でも……正確な人数もまだお知らせしていないのですが……」

シドロモドロの私。

「そうですね。はい……わかりました……」と沈んだ声の支配人。

すぐにバス会社に連絡すると、所長さんは「橋本さん、気にしなくていいです。支配人のミスです」とのお返事。そう言われても気になって仕方がない。あの26人分の食事はどうなったのだろう。申し訳ないことになってしまった。大事な事はしっかりと確認、念押しをするべきだと身をもって悟った。

そして1か月後、正式な約束の日。そのレストランへ行くと、支配人は何事もなかったかのように、にこやかに出迎えてくれた。しかし、私は今でもあの26人分の料理の行方が気になって仕方ない。

その4　台風接近

いよいよ、同窓会が近づいてきた。この年は台風が異常に多く、10月に入っても台風は日本に接近していた。26号が伊豆大島を直撃。27号も接近。遠くに28号も発生していた。日頃〝晴れ女〟と自称している私は〝大丈夫〟とのんびりしていたのだが、開催の4～5日前になっても日本列島のどこに上陸しようかと27号も28号もノロノロ停滞。さすがにダブル台風にはお手上げだ。

もうだめだ！　タイムリミット！　羽田発のメンバー20人に連絡しなければならない。当時は携帯電話の扱いに疎かったものでドコモに飛び込み、事情を話して助けを求め、次のような文面でメールの送信をお願いした。

「台風による予定便欠航の場合、飛行可能な便に切り替えて27日19時までに湯布院の宿になんとかして来てください。皆様が無事にご来県できますように」

スタッフは嫌な顔もせず時間をかけて全員に送信してくれた。スタッフに感謝。ドコモに感謝。それからの私はというと天気予報に釘付け。羽田を出発できさえすれば大分地方は晴れ。ひたすら祈るばかり……。

ついに天が味方をしてくれた。当日27日の朝、ようやく台風27号は日本列島から離れ始め、28号は消滅。予定していた羽田10時発の飛行機は、飛び立つ事ができたのだ！　北は北海道、南は九州、沖縄、全国各地から26名全員が予定通り14時に別府駅に集合できたのである。青年の船の集い、幸先の良いスタートである。大分地方は連日晴天なり!!

その5　あわや遭難！

こうして別府駅に参加者全員が集合した。

登山が趣味の千葉の一枝ちゃんから、「今から由布岳に登りたいのでここの別府駅からバスで由布岳へ一人別行動したい」との申し出。夕方には宿に合流するという。彼女を残し、他の参加者と共に今夜の宿の湯布院へバスは向かう。湯布院に着くと皆それぞれ自由に希望のコースへと分かれ、温泉めぐり、辻馬車、街並み散策などを楽しんでもらい、夕飯の19時に宿に戻って宴会となる段取り。幹事はしばし休憩ができる。ゆったりとそびえる由布岳の雄々しいその姿を窓から眺めていた。一枝ちゃんは今この山のどこかにいるのだ。携帯にかけてみる。

「一枝ちゃん、どうですか？」

「今頂上よ。紅葉がとてもきれいよ」と楽しんでいるようだ。

18時前になるとそろそろ皆が宿に集まり始める。宴会は19時から。各自部屋へ入り、男性陣は入浴や雑談、女性陣はお色直しや化粧直し。幹事の私は宴会の準備で宿の方と最終確認。

18時を過ぎて外も暗くなった頃、部屋へ戻ると大変な事になっていた。

「一枝ちゃんが道に迷ったらしい！」

「道を探すって」「警察に知らせる？」「あと30分待ってみよう」「皆にはまだ内緒にしておこう」部屋のメンバーは真理ちゃん、沼ちゃんと私、3人で意見を一致させた。気持ちは一気に奈落の底である。部屋を出ると幹事としてテキパキと宴会の準備を進めるが、部屋へ戻ると一変、重い空気に包まれる。

「今どうなっている？　連絡は？」

「大変なことになってしまった！」

沼ちゃんは携帯を握りしめている。真理ちゃんが肩を落として傍に寄り添っている。ますます外は暗くなり、目の前の由布岳は黒く大きな塊に姿を変えている。当の彼女はライトを持っていないらしい。こんな暗い中、ライトもなく、たった一人で道を探している事を想像しただけでも胸が詰まる。

とにかくフロントに連絡だけはしておこう。フロントは驚いて「すぐに警察に捜索を要請しましょう」と。「いえ、もう少し待ってください。彼女は日本100名山を制覇したほどの人です。何とか自力で道を見つけると思いますので」と沼ちゃん。

ついに「道が見つかった！」と一枝ちゃんから携帯に連絡があった。すぐにフロントの人に代わってもらい、そこから見えるものを聞き出し、沼ちゃんを乗せてすぐに指示場所へ急行してもらった。狭霧台《さぎりだい》あたりの路上で一枝ちゃんを発見！　宴会開始直前に無事戻ることができた。いつもと変わらぬ表情の彼女だが、ジャケットの背中は汗でびっしょり。どれほど大変な思いをしたか想像できる。

19時、「青年の船の集いｉｎ大分」は何事もなかったかのように開会の言葉で始まった。乾杯の後一人ずつ近況報告が続く。一枝ちゃんの番になり、「実は私は1時間ほど前に由布岳で道に迷ってしまいました」と事件を打ち明け、皆びっくり！　超特大サプライズ。「私の登山人生の中で初めての汚点です。私は三つのミスをしました。一つ目は山に午後から入った事。二つ目はライトを忘れた事。三つ目は同じルートで下ればよかったのに、欲が出て別の西口ルートから下りた事。西口は登山者があまり通らないらしく藪が胸まで生い茂っていて、鹿の親子が現れて私もビックリしたけど、向こうもビックリして跳んで逃げました」

笑いで空気も和らぎ、よかった、よかったと彼女の無事を皆で拍手。一枝ちゃんは私たち3人に「心配かけてごめんね。悪かったね」と何度も謝った。

だが私は、あの暗い山の中をたった一人で何とか自力で下りてきた彼女の底力に感動していた。彼女だからできた事。

彼女に聞いてみた。「あの暗い中、何を考えていた？」

すると「ひたすら皆が待ってくれているという思いで下ってきた」と。抱き合って泣いてしまった。

今後人生の障害にぶつかった時、あの大きな真っ暗な塊の由布岳から自力で下ってきた一枝ちゃんの底力を思い出すだろう。そして翌日から雲一つない秋晴れの空の下、皆の笑顔に包まれて日程は進行していった。

その6　私のカバンはどこに？

いよいよ旅も終盤に近づいた。まもなくお別れという別府駅到着の少し前、バスの運転手さんが「別府駅に着いたら空港まで行く人も荷物室からカバンをバスの中まで運んでください」とアナウンス。別府駅到着、ＪＲ帰路の人たちとお別れをし、空港帰路のメンバーはそれぞれカバンをバスの中へ移動させ、再びバスは出発した。次は別府の宿泊ホテルの駐車場に車を止めている九州組と幹事の私がここで下車し、空港組の方々と別れを惜しんだ。バスは我々を残して空港へ向かった。

やれやれ、お疲れ様でした！　良い同窓会だったね、幹事さんご苦労様でした。皆さんからねぎらいの言葉をたくさん頂き、幹事の役はここで終了！　解散！　さて、帰るとするか……あれ？　私のキャリーバッグはどこに？　しまった！　バスの荷物室に入れたままだった。

バスが戻ったら取りに行くとの連絡を入れたところ、「荷物室にもバスの中にもカバンはありません」と言う。えっ～そんなはずはないが……確かにバスの中へ入れた。誰かが間違えた？　おかしいなぁ、私のカバンは一体どこに行った？　考えが及ばない。まぁいいか、疲れたし、とにかく帰ろう。なくなってもカバンの中には着替えの服、下着、化粧品などで大事な物は入っていない。幹事役の達成感と心地よい疲れとカバンの疑問を抱えて家路についた。

3日間の出来事を主人にひとしきり話すと、ふと留守番電話に気が付いた。何と別府警察署からだ。私のカバンは警察署に保管されていた！　どういうこと？

その訳はこうであった。別府駅でバスの運転手さんが荷物室からカバンを全部外に出し、それぞれ持ち主の手へ。旅の終了間近で思考能力低下の私は、自分のカバンの存在など頭から抜け落ち、バスの中に座ったままでいた。そうして引き取り手のない私のカバンだけがぽつんと駅前の路上に置き去りにされていたのだ。決して小さくはないキャリーバッグの落とし物に通行人はさぞ驚いた事だろう。すぐに警察に届けられたようだ。カバンは主人の物、タグに主人の名前と電話番号が書いてあったのですぐに持ち主がわかったのだ。

翌日、早速、別府警察署へ出向くと、おまわりさんいわく、「男性の名前のカバンを開けてみると、女性の服や下着が出てきたので疑いましたよ」とニヤリ。最後の最後までハプニングだらけの幹事であった。もし、台風が来ていたら全てのスケジュールはアウト。

もし、由布岳で遭難していたら大事件。
神に感謝！　天に感謝！　運に感謝！

宝くじ

私はそこそこ運がいい方だと思っている。商店街の福引きで1等、温泉旅館のくじ等数回当たっている。宝くじもジャンボをよく買っているが、こちらは大きな当たりはない。私は小ラッキーに強い人間のようだ。くじ運について二つのエピソードがある。

一つ目はある年の暮、車のラジオから流れる年末セール情報を聞きながら帰宅中、ボストンバッグ、ショルダー、財布の3点で5000円！　超安値。丁度財布が欲しかったので早速注文。お正月が過ぎたあたりに品物が届いた。バッグ2点はまあまあ使えそうだが肝心の財布が黄金色！「金運財布」であった。持つにはあまりにも恥ずかしすぎる。考えた末、キャンセルする事にした。電話をしたが、混み合っていて繋がらない。しばらくしてからかけ直す事にした。その間テレビをつけたら丁度風水のDr.コパさんが今年の運勢占いをしていた。

「亥年の今年に黄色い財布を持つと強運を招く！」と言っているではないか。それなのに私はまさに今、その強運財布を手放そうとしている。待っている数分の間に天の声、いやコパさんの声。えっ、これを持て！と私に言っているのか！というわけで、コパさんの声に従いキャンセルは中止。

その後金運財布はさすがに恥ずかしく堂々と持てないが、カバンの中で見られないようにコソコソと使用した。コパさんの強運の方法通り使い始めた。すると、まずは宝くじ1万円、スーパーの開店時のくじ引きでスイーツ、他にもビールサーバーや5色ペンと次々に小ラッキーが続く。宝くじの〝末等〟を集めて宝くじを買うと、また6000円などが次々に当たる。こうして亥年は当たらない気がしないほどに当たり続けた。極めつきは10万円が当たったのである。私にとっては初めての高額当選である。これが100万円だったらなあ。と欲が出る私であった。

二つ目は2021年、最近の事である。毎年我が家は宇佐神宮に初詣に行っており、その年は少々ご寄進をした。すると宇佐神宮で流鏑馬の御神輿祭の招待券が2枚送られてきた。早速主人と出かけた。

初めて見る流鏑馬は見事であった。目の前を人馬一体で駆け抜けるド迫力！　矢が当たってバリッと板を射貫く音！　射手の装束も行列も、何もかも見応えのある流鏑馬であった。

帰り際、その割れた板切れを1枚2000円で売っていたので記念に1枚買うことにした。板には「的中　宇佐神宮」と書かれている。後日、西日本宝くじを10枚買って、流鏑馬の板切れの入った白い封筒の中に入れておいた。するとナント、宝くじが的中したのである。10枚のうち3枚が当たりくじ！　末等200円にはじまり、2000円、20000円と3枚で22200円を手にしたのである。宇佐神宮のご利益、恐るべし！　本当に的中したのである。

イギリス語学留学

その1　出発編

私は英語が得意ではないが好きである。英語を流暢にしゃべることに憧れている。若い頃から英語の勉強を始めては途中で挫折しての繰り返しで、特にリスニングが苦手だ。かくなるうえは留学して耳を鍛えるしかない、とかねてからそう思っていた。主人に「1年間留学したい」と何度か訴えたが即却下。私とて叶うはずはないとわかっているが、それでも夢は持ち続けていた。

そんなある日、2018年、私が71歳の時である。雑誌の中の記事に目が釘付けとなった！「シニアの語学留学とホームステイ」とある。むさぼり読んだ。1か月間イギリスへの留学である。費用は約100万円。これなら行けそうだ……ん？　ちょっと待て、よく考えねば。今、私は現役で学研教室という学習塾をやっている。まずは自己研鑽のための留学だから、それ自体は許してもらえるだろう。会員の子どもたちに絶対迷惑をかけないように、アシスタント総動員で運営すれば1か月は大丈夫だ。次は主人である。雑誌を見せて説得にかかった。意外にもすんなりオーケーしてくれた。主人いわく、「長年の夢だからなぁ、1か月くらいなら俺も何とか一人で生活するよ」と。

早速、私は東京での説明会に参加することにした。会場には50名以上もいたが、最終打ち合わせと顔合わせで再度上京してみると、正式に申し込んだのは男性5名、女性15名、総勢20名であった。九州からは大分県の私と宮崎県からの一人。後はほとんど関東周辺からであった。最高齢は76歳の女性、その次は75歳の男性、73歳の女性、そしてその次が71歳の私である。年上がいて少しほっとした。あとは皆65歳以上。男性5人は現役弁護士、会社社長、元大学教授、理化学研究所の人。面白いのは定年後、コンビニでアルバイトをして、貯めたお金は全部自分の海外旅行に使うと言う人がいた。女性は大手出版社の元編集長、塾の元英語講師、ピアノの先生もいたが、ほとんど主婦のようである。

いろいろな説明が終わり、いよいよホストファミリーの資料が各人に渡される。しばらく目を通すように、と言われた。もちろん全部英語で書いてある。懸命に読んでいると、横に座っていた女性が早くも読み終わり、「あー、ハズレだわ」と声を上げた。英語読解の速さに驚いたが、どうしたのかと尋ねると、彼女のホームステイ先には犬が5匹もいるらしい。事前にホストファミリーの条件を申請しており、「DOG、OK」としたが、まさか5匹もいるとは……ということであった。私の方は50代の夫婦の所だった。すでにホームステイをしている香港の青年が二人と、猫が1匹、まずまずである。皆ザワザワとお互いのホスト先の話をしている。これから1か月間共に行動する仲間だが、まだ名前も顔も覚えていない。不安ではあるがツアー会社の女性スタッフが数日間同行してくれるのでひとまず安心である。当日の注意点、持ち物、資料等を渡され、そして解散！　出発当日に成田空港で集合！　えっ、これだけ？　また不安になってくる。

大分に帰ってからは荷物の準備をしながら出発の日を待った。主人には不自由のないようにいろいろ準備をした。学研教室の方はアシスタント3人と十分打ち合わせをして、会員の子どもたちに不安や迷惑がかからないように配慮を重ねた。保護者の皆様にもご理解とご協力をお願いいした。

そしていよいよ9月、出発の日となった。成田空港に全員無事に集合。まだ顔も名前もわからない人たちと共にイギリスへ向かう飛行機に乗り込んだ。私は窓側の席、小ラッキーだ。飛行機の窓から外を眺めるのが大好きな私。何時間見ていても飽きることはない。機体が地面から離れる瞬間も好きだ。徐々に遠く小さくなる街の景色、広がる海、次々に流れて来る雲、雲上に出るとそこには天国かと思うほどの光輝く雲海が広がる。いつものように機内からの景色を楽しんでいた。隣の席の女性は同じメンバーの人だが名前しか知らない。

数時間たった頃であった。私は相変わらず窓の外を飽きもせず眺めていた。すると虹が見えてきた。地上で見る普通の虹だと思ったら、えっ？　目を凝らした。何とその虹は半円ではなく、〝ドーナツ型〟なのである。真ん中の抜けた丸い虹なんて見たことがない。仰天した。誰かに伝えなければ。こんな大ラッキーを独り占めにできない。いや、誰かに証人になってもらいたい。共感してもらいたいのだ。そうなると唯一知っているのは隣の席の人。「ちょっと見て！　虹よ、丸い虹よ。見たこともない虹よ」。

興奮しながら自分の身体をのけぞらして、虹が見えるようにした。「ほんとね、こんな虹初めて見たわ」と彼女も共感してくれた。

「ね、ね、ね、びっくりよね、虹がドーナツ型なんてね」

私はさらに感情を爆発させた。興奮冷めやらぬ中、ようやく彼女とおしゃべりを始めた。

あとから聞いたところによると、このドーナツ型の虹は上空からしか見えないらしい。とすると、私が飛行機の中にいて、しかも窓側で外を眺めていたからこそ、こんな虹に出会えたという事だ。滅多にない小ラッキーである。イギリス旅行の幸先がいいぞ……と心弾む。

その2　ホストファミリー

ヒースロー空港に着くとそこからはバスで移動。語学学校のあるウェールズの首都、カーディフへ向かう。語学学校近くの広場へ着いた。迎えに来てくれたタクシーに各方面ごとに数人ずつ乗り合わせ、運転手が各家庭に送り届けてくれる。一人降り、二人降り、次々にホストファミリーの元へ消えていく。外は暗い。時刻は21時過ぎだ。いよいよ私一人になった。どんなファミリーだろう、私の英語で通じるだろうか、不安はマックスになる。そんなことを考えているうちに、ホストファミリーの家に着いた。運転手がチャイムを押すと、中から50代のホストマザーがニコニコ顔で迎えてくれた。無事に家に着いた事とその笑顔にホッとした。奥からホストファザーも出てきてリビングへ通された。まずは予定通りのお決まりの挨拶をする。マザーの名前は「スー」、ファーザーは「グレイアム」。スーの英語はなんとかわかりそうだ。ご夫婦は何年もホストファミリーをしているらしく受け入れに慣れている。我が家も短期のホームステイの受け入れを何回もしているのでよくわかる。まずは部屋へ案内してくれた。ここが1か月過ごす私の部屋である。ベッド、机、クローゼット、パネルヒーター（9月だがすでに暖房器具が準備されていた）がある、きれいな8畳ほどで、私の大きなスーツケースもゆっくり広げられる。以前は娘さんの部屋だったそうだ。

荷物を置いたらリビングでお茶を飲もうと言ってくれた。早速だが日本からのお土産を渡す事にした。和柄のトートバッグ、お盆、木製のコースター、風呂敷、お菓子も数種類、軽いものばかりだけどテーブルいっぱいに広げると、二人はとても喜んでくれた。「お腹が空いていないか？」と聞かれた。夕飯は食べていなかったが、興奮状態で空腹感は全くない。私は「少しだけ」と答えた。するとお皿にピラフのような物を出してくれた。疲れもあってか喉を通らない。せっかくなのに申し訳なく丁寧にお詫びを言い、「もったいない精神」で「明日頂きますので……」と言うと、スーはアルミ箔（ラップは使わないようだ）でそれを覆った。そこへ同じステイ仲間の香港の青年二人が帰ってきた。名前はゴードン（18歳）とハワード（19歳）。二人にも挨拶を交わした。スーと彼らはすぐに会話が始まった。普通の速さで話しているのだが、全く聞き取れない。まあ、いいか。リスニングが弱いからこそ、勉強に来ているわけだから仕方がない。そのうち少しずつ慣れてくるだろう、と少し前向きに考えた。こうして1日目がやっと終わり、私は快適に熟睡した。

次の日は日曜日である。スーが車で近くの公園へ連れて行ってくれた。現地の道路は路上駐車で占められているのには驚いた。公園は広く、日本の風景と変わらず家族連れが多く見られた。スーは私に配慮してゆっくり話してくれるので嬉しくなる。そして明日から始まる語学学校へ行く方法を教えてくれた。さらに知人宅にステイしている中国人が同じ学校なので明日は一緒に行くようにと、紹介してくれた。このあたりは語学学校の外国人生徒をホームステイで受け入れ、サイドビジネスにしている家庭が多いようだ。

2日目の夕飯の時「手伝います」と言うとスーは「簡単だから必要ない」と答えた。その言葉の意味は後でわかった。私はホームステイしていた1か月間、スーが包丁を使うのを見た事がない。冷蔵庫の中に野菜の姿はなく、卵は1パックが入っているのを1回だけ見たが、食卓に出た事はない。

その「簡単」だという夕飯だが、聞いていた通りのワンプレートである。大きめの皿に肉類（ポークかチキン　牛肉は一度もなかった）・ポテト（フライ、ボイル、マッシュ）・豆類の3種類が定番である。残念ながら美味しいとは言えない。棚の中には大きな缶詰や箱が大量にストックされている。どうやら毎日それらを使うようである。

私にとって朝食は快適であった。朝7時頃は誰も起きてこないので、自分で好きに食べていい。食材は食パン、牛乳、ジュース類、ジャム類、コーヒー、シリアル、日本では見たこともないほど小さなリンゴ、オレンジ、ラフランスなど。やはり野菜と卵はない。

食べることのなかった卵の話だが、ある日曜日、主人のグレイアムが自分でスクランブルエッグを作ろうとしていたことがあった。見ていると一度に4個もの卵を使っていた。私が「コレストロールが多い」と言うと「時々だから大丈夫」と言い、こんもりと全部パンに載せて自分の部屋へ持って行った。テレビを見ながら食べているようだった。

私のホストファミリーは主人のグレイアムは保険の代理店の仕事をしていて、奥さんのスーはボランティアとして老人施設へ時々行っていた。そして猫1匹。家はかなり広い。庭も広くバーベキューができそうな雰囲気があるが、花木には興味がないようだ。その証拠にダイニングの窓辺にグレイアムが買ってきたという立派な盆栽が置いてあるが、葉っぱはほとんど枯れていた。花木が好きな私はほったらかしにはできない。朝食のあと毎日少量水を注いでやった。すると少しずつ新芽が出始め、私が帰国する頃には青葉が茂り、再び立派な盆栽に蘇ったのである。

お風呂はシャワーだけの家庭が多いと聞いていたが、この家には大きなバスタブがあり、自由に使えた。このような家庭で1か月暮らすわけである。食事の不満を言わなければまずまずの中ラッキーである。

その3　初日のバストラブル

語学学校では、英語のペーパーテストの成績と面接の会話力によりクラス分けをされる。私は中級クラスになった。クラスメイトは10人ほどで、スイス人、ドイツ人、中国人、サウジアラビア人が4人も。そして日本人もいた。入学時期により入れ替わりがあるので人数も変わる。

初日の事である。先生の話もなかなか聞き取れないが、指示によりペアになって会話をする事になった。私はサウジアラビアの青年とペアになったが全く分からない。自分の英語力の低さから、お手上げ状態で情けなくなる。さすがに初日は落ち込んだ。明日はクラスを初級に変えてもらおうと思いながら、トボトボとバス停へ向かった。

初めて一人でのバス帰宅である。入学時、ホストファミリーの名前、住所、電話番号を書いたカードを渡されている。これさえあれば何かあっても大丈夫！　私はそのカードを大事に持ってバス乗り場に行ったった。教えてもらった通り№52のバスに乗ろうとしたが、念のため乗る前に運転手にそのカードを見せて、「このバスでいいか？」と尋ねた。すると、彼は「Nｏ．○！　※□◇＃△！」と言う。はじめの〝NO（ノー）〟という言葉しか聞き取れない。まあいいや、いざとなったらタクシーで帰ればいいとそのバスに乗り込んだ。しばらくして隣の席の人にもカードを見せて聞いてみた。すると彼女もまた「Nｏ．○！　※□◇＃△！」と言う。どうしよう、二人がNOと言うのならやはりバスの番号が間違っているのだと思い込み、次のバス停で降りることにした。

さて、降りた後はタクシーを拾って帰るしかない。タクシーを探すが見つからない。道行く人に聞いてみると、このあたりはタクシーが通らないと言う。ならばどこに行けばいいか聞くしかない。だんだん不安になるがまだ15時頃、明るいので大丈夫だ。スーに電話すればよかったのにその時は思いつかない。ひたすらタクシーに乗る事だけが頭の中を占めている。落ち着くためにゆっくりと歩いて行く。前から来る人に聞いてみよう。背の高い体格の良い男性が来た（少し怖そう、やめた）。若い女の子が二人（変な日本人と思われてもイヤだ）。子ども連れのママ（ヤングママは忙しいだろうな）。聞く人を選びながら歩いた。

するとと白髪のおばあさんがゆっくりと歩いて来た。お年寄りなら多分暇なはず、思い切って聞いてみた。カードを見せながら、「ここに帰りたいのだがバスを乗り間違えたようだ。タクシーを探しているが見つからない、どこに行けばタクシーが見つかるか」。すると、彼女は近くの店へ入り、地図を借りてカードの住所を地図で確認して、「私の家の近くだから送ってあげる」と言うではないか。

なんとラッキーな事か！　サンキューを何度も繰り返した。彼女が「駐車場までついておいで」と言った。私は、「車をパーキングに入れて近くのスーパーに買い物に来たのだろう。まだ買い物も済んでいないのに、私のために引き返してパーキングまで行って車を出してくれるのだろう」と思った。それからは安心して彼女と一緒にゆっくり歩いた。日本の感覚ではパーキングから目的地までは歩いてもほんの数分のはず。想像を遥かに超えて歩く事、歩く事。おかしいなあと思いながら仕方なくついて行き、いろんな話をしてみる。彼女も話をしてくれるがパーキングの事が気になる。20分も歩いただろうか、彼女が「あれが私の家だ、車を出すから待っていて」と。なんと、パーキングとはその人の家の駐車場の事であった。となると彼女は車を使わずに20分ほどの所へ歩いて出かけていたわけである。車に乗せてもらうと私のファミリーの家は5分もかからない所であった。

家に着くとスーがお礼を言っている間に、私は日本からのハンカチをお礼に用意して、改めて感謝の言葉を述べた。初めてのバストラブルだったが、そのおばあさんのおかげで運よく帰宅することができた。

ちなみに落ち着いて考えると、あのカードには住所が書いているわけで、バス停の名前が書いているわけではない。だからNOは「違う」ではなく「わからない」という事であろう。

その4　語学学校

さて、語学学校2日目。学校内では日本語禁止である。各クラスの時間割もある。昨日の事もあり、すぐクラスのレベルを下げてもらおうと職員室へ行ったが、あいにく誰もいない。仕方なく自分のクラスへ入った。昨日の不安が蘇る。今日のペアはサウジアラビアではなく、クエートの青年である。嬉しい事に彼の英語はわかりやすい。これならこのクラスでもやれるかも……と少し気を取り直して落ち着いた。

勉強の内容は濃いものであった。厚い教科書に沿った文法の勉強が主である。週に1回小テストがあるのだが、最初のテストで驚いた。中学3年生程度の内容である。簡単ですぐに終わった。周りを見ると皆懸命にテスト用紙に向き合っている。

ようやくわかった！　つまり彼らは私と違って普通に英語で会話ができているのに、文法がわからずここに来て勉強しているのである。私たちの時代の日本の英語教育を今まで批判的に思っていたのだが、英会話の授業こそ全くなかったけれど、中学、高校とあれほど文法中心に詰め込まれてきたので、文法はしっかりと身についているわけである。日本の英語教育の半分は良かったのだと、ここに来て初めて気が付いた。

教科書を読む時なども簡単である。だがサウジアラビアの彼らの英語は教科書の文字を追っていても聞き取れない。これでは初日に私がわからなかったのも無理はないと妙に納得した。

こうして日々英語の授業を受けていく。宿題も結構ある。毎日が充実している。

平日は3時前には授業が終わる。学校の外では日本語オーケー。日本から一緒に行った仲間がワイワイと集まり、揃ってパブに行き昼間からビールを飲むのが恒例となった。午後からは時にはパーティーがあったり、公園へ皆で散歩に出かけたり、また土日にはツアーの行事で名所観光に行ったりもした。このようなラッキーな日々を1か月間過ごしたのである。

その5　にわか日本語教師

ホストファミリーの家には、香港の青年が二人ホームステイしていると書いた。そのうちの一人ゴードンの話をしよう。彼は18歳で背が高く、眼鏡をかけ物静かで賢そうに見える。一度日本に行った事があり、日本が大好きになって、独学で日本語を勉強しているとの事。そこに日本人の私が仲間入りしたので喜んでいるらしい。家では、夕飯は主人のグレイアムが一人で別の部屋でとるので、ホストマザーのスーと私、ゴードンとハワードの4人は19時頃ダイニングで一緒におしゃべりをしながら食べる。

ある日、夕食後に早速ゴードンが「かずみさん、日本語を教えてください」と、ゆっくりとした日本語で頼んできた。彼はノートに日本語の単語をぎっしりと書いていて驚いた。インターネットで勉強したそうだ。ＯＫと言ったものの何からどう教えたらいいか……迷う間もなく彼の方から学習課題を言ってきた。最初の学習は「数の数え方」で、ひとつ、ふたつ、みっつ……次の日は「助数詞」で、1枚、1本、1台、1軒……次の日は「生活用品」で、茶碗、箸、机……彼の要求に答えて、毎日日本語の勉強が始まる。そして、彼は「学習したのを覚えたので聞いてください」と、私の前で披露する。完璧に覚えている、賢い！　それからは「身体名称」、「形容詞」、「副詞」、「動詞」、それから肯定文、否定文、疑問文等々、単語から始まり文章へとだんだん難しくなっていく。こうして夕飯後はほぼ毎日1時間程度、彼に日本語を教えた。

私は学研教室の指導者を38年以上もしている。教えることは好きだし、彼の学習課題はいつもの学研の幼児教材を思い出せばいいので簡単であった。自分が役に立てる事も嬉しいし、彼との会話も楽しい。しかし、私にも毎日の宿題がある。日本語を教えた後、お風呂に入ってから自分の宿題をしていると寝るのは0時過ぎになってしまう。家事もしていないのに毎日時間が足りない！　のんびりできるのは学校が終わり、皆とパブでビールを飲む時と別れてバス停へ行く道すがらのみである。

ウェールズの首都・カーディフの市街地

路上の果物屋さんによく立ち寄る。日本のリンゴは立派で美味しいが、ここのリンゴは小さくて美味しくない。反対にイチゴは大盛りで安くて美味しい。道の真ん中の広場にはメリーゴーランドもある。スターバックスもあり2回ほど入った。時々ホームレスが道端に座り込んでいるのを見かける。街路樹は剪定など全くせずに自然のままに大きく育ち堂々と枝を広げている。街灯のどの先端にもフラワーポットが吊り下げられているので、街並みが花で飾られてとてもきれいだ。あんな高い所では水やりもできないだろうと思ったが、イギリスではしょっちゅう、にわか雨が降るので水やりの必要がないのだ。街は大きな樹々とあちこちに飾られている花々、そして古城が点在している。イギリスは地震がほとんどないので、当時のまま築何千年も昔の教会やお城がたくさん残っているそうだ。街全体が美しい絵葉書そのものである。

ゴードンの話に戻るが、彼は2か月前に来たそうだ。ホストマザーのスーが言うには、元々おとなしい性格であるが、食事の時も黙々とロボットのような食べ方だったと。しばらくして同じく香港から青年ハワードが来て、ようやく会話をするようになったという。さらに私が来てから笑うようにもなったとスーがとても喜んでいた。そのゴードンは、日本食の美味しさに惹かれ、また行きたいのだという。「いつか日本のあなたの家へ行ってもいいですか?」と言うので、社交辞令で簡単に「いつでも来てください」と言った。その結果、私の帰国後何度もメールで「いつ行っていいですか?」と聞いてくる。これは本気で来る気なのだと理解した。

そしてついに2年後、彼はお母さんと共に私のいる大分県へ来ることになった。大分駅まで迎えに行くつもりでメールのやりとりをしたのだが、驚いたことに自分で私の家まで行くから大丈夫だと言う。大分駅からタクシーを使うのかと思いきや、そこから久大本線に乗り換えて最寄りの駅で降り、お母さんとのんびり歩いて我が家にたどり着いたのだ。方向音痴で高齢の私には到底信じられない。今時の若者はスマホで調べて、簡単にどこへでも行けるらしい。そして我が家に数日間滞在し、待望の日本食を堪能し、湯布院、別府温泉、別府地獄めぐりなどを楽しんだ。県外までも自分たちで観光し、日本を存分に満喫して帰って行った。

その6　キースの家族と初対面

私は「青年の船」の事後活動として、ホストファミリーを何年間もやってきた。その中の一人がイギリス人、当時26歳で法律を勉強しているキース・オブライエンという青年である。2週間ほどの滞在であった。家族の一員として日本の日常生活を送ってもらいながら、週末には大分の観光地などを案内し、たまにはレストランで食事をしたり、一緒に買い物をしたり、テレビを見たり、おしゃべりをしたりと楽しい2週間を過ごした。その彼とナント、ここイギリスで20年振りの再会を果たしたのである。さて、そのイギリスへ行くにあたり、キースに是非会いたい旨を手紙に書き、出発前からやりとりをしていた。するとキース本人に会う前に彼の家族が会いに来てくれることになった。なぜなら私の留学先はイギリスの中のウエールズの首都、カーディフで、その近くに家族が住んでいて、

「日本でお世話になった和美にご馳走をしたい」と言うのだ。そうして初めて会う彼の両親と弟と待ち合わせることになった。ウェールズなまりがあるという英語も心配だが、うまく会えるか心配していると、スーが「日本人が一人で立っていれば、向こうがすぐに見つけてくれる」と言う。それもそうだ。それに美味しい物に飢えている私である。イギリスの食事はまずいと聞いていたがその通りだ。彼らの息子、キースを我が家で2週間ボランティアとしてお世話をしたお礼の食事というわけだから、今日はさぞや豪華な、いや、少なくともレストランの定食くらいは期待している私であった。

さて、心配するほどの事もなく、すぐに会う事ができ挨拶を交わし、さあ、ランチにしよう！　と、デパートらしき建物に入った。食事エリアに行くが人はあまりいない。殺風景である。広いフロアに丸テーブルが置かれている。注文のカウンターに行き、好きなものを選べと言う。メニューは天井から下りた横長の大きなボードに品物と値段が書かれている。数種のスープのようである。読めるものしか頼めないので、ハムとトマトのスープを選んだ。彼らも選んでから皆で丸テーブルに座った。食事が来るまでの間、キースが我が家で過ごした頃の話や、今の生活などをつたない英語ではあるが話して、会話は楽しく弾んだ。

イギリスで一番美しい村、コッツウォルズ

まもなく食事が来た。さあ、期待の昼食である。運ばれてきたのは選んだスープと少し大きめのパンが1個。次に何か？　え、えっ！　これだけ？　3人を見ると同じくスープとパンのみ。他には何もない！　あまりにも想定外の「おもてなし食」に驚いた。美味しかったかどうか頭の片隅にも残っていない。「ご馳走を待っていた自分が恥ずかしくなったほどであった。まさにカルチャーショックであった。

私は別れ際に「いつか日本の私の家に来てください」と言った。心の中で日本のおもてなしの形を見せてあげようではないか！　と。でも、考えてみると、キースがいないのにわざわざ会いに来てくれた事自体が、イギリスでのおもてなしの心なのであろう！　と文化の違いをかみしめたのであった。

その7　キースとの再会

いよいよキースとの再会の話をしよう。我々の留学プログラムには2泊3日のロンドン旅行がオプションで付いている。キースの家はロンドンからそう遠くはないブライトンという所にあった。ロンドンで有名な「大英博物館」の入り口で待ち合わせをすることになっている。同行の私の仲間は面白がって再会を見届けると言う。ついにその時が来た。向こうから歩いてくるのは紛れもないキース本人である。20代の時と変わらないキースだ！　40代のキースは頭が少し薄くなっているくらいですぐにわかった。しっかりと握手してハグをした。その瞬間、仲間から拍手が起こった。感動の再会である。ジーンとくるものがあった。

我が家は20年以上もホストファミリーとしてこれまで外国人を短期ホームステイで20人ほど受け入れてきて、彼らの帰国後は手紙のやりとりをしているが、そのうちに途絶えてしまう。だからこそ、このように20年後に再会できるのは奇跡に近い。

さて、そこからは仲間と別行動で、私はキースの住んでいるブライトンへと向かう。電車と地下鉄に2時間ほど乗り、ブライトン駅から徒歩10分、ようやくキースの家に着いた。樹々に囲まれた少し高台のマンションの一室が彼の家だ。家の中から奥さんが出てきた。ベネズエラ出身で名前はマリアネラ（愛称：マリー）。それにリアンという、やっとつかまり立ちができるかわいい1歳の男の子との3人家族。部屋は広く5部屋ある。挨拶を交わし、日本のお土産を渡す。

時間は18時頃、外は薄暗くなっている。窓の外を動物が通った。きつねだと言う。この辺にはよく現れるらしい。トイレを借りる時、キッチンが見える。何も料理らしきものはなく、きれいに片付いている。マリーはリアンに離乳食を食べさせ始めた。私も孫で慣れている。手伝って食べさせた。

彼女が食器を洗い始めたので、キースが一緒に買い物に行こうと私を連れだした。スーパーで大きな缶詰などを買い、帰り道少しだけ夜のドライブをした。帰宅するとリアンを寝かせ付けようとしているところだった。キッチンにはやはり何もない。お腹も空いてきた私は少し不安になった。夕飯はないのか？　いや、そんなはずはない。キースに会ったのが15時、キースだって食べていない。リアンが寝たら料理をするのだろうか？　……ならば私も手伝ってリアンを寝かし付けよう。マリーの傍に行ってみた。

彼女は小さな声で歌っていた。子守歌だと思うがこの歌でリアンが寝るとは思えない。そこで私がリアンを抱き上げた。実は赤ちゃんの寝かせ付けには少々自信がある。孫二人の寝かし付け係であった。私流の昔の子守歌でリズムを取りながら、ゆっくり部屋の中を歩き回る。するとリアンは眠り始めた。彼女は感心して、その歌を教えてほしいと言う。そしてリアンをベッドへ。

キースは私にリビングでワインを飲んでゆっくりしていてくれと言い、自分はキッチンへ立った。少し様子を見ていたらさっきのスーパーで買った缶詰をポットに空け、ボイルしているようだ。ここでも包丁の出番はないようだ。ずっと見ていたかったが、それも悪いと思い、ワインを頂くことにした。

リアンも眠り、しばらくすると食事もできたようだ。ようやく3人で食卓についた。もう21時である。やっと出てきた食事は、あー！　やはりワンプレートかぁ！　さっきキースがボイルしていたのはパスタであった。その上に、おそらくこれも缶詰であろう彩りのよいパプリカやマッシュルームの入ったソースがかけられている。このワンプレートだけである。キースの家族もそうであった。イギリスにはどこの家もおもてなしの文化が日本とは違うのがよくわかった。味も美味しかったかどうか？　カルチャーショックで覚えていない。やはり私は日本がいい。お客様におもてなしの心を込めた美味しい日本食がいい。しかし、イギリスでの食事も、おもてなしの心がないわけではない。形が違うだけのようだ。

キースが「今日は特別な日だ」と言い、小さなローソクに火をつけ、テーブルの中央に置いた。ランチョンマットも素敵なピアノやバイオリンの柄だ。さらにＢＧＭを静かに流す。ロマンティック、ファンタスティック、感動の中で飲むワインは格別に美味しい！これがキースの〝おもてなし〟なのだ。その後は皆でおしゃべりをしながら二人の結婚式のビデオを見たり、リアンの写真を見たり、20年前の日本でのホームステイの時の写真も見た。皆若かった。そして楽しい異文化交流の時間は終わった。

感動の気持ちとは裏腹に、疲れとワインのせいで眠たくなってきた。もう0時をとっくに過ぎていた。こうして「特別な日」の一日は終わった。私を部屋に案内してくれる。リアンの寝室には天井にプラネタリウムのようにたくさんの青い星の光がゆっくりと回りながら写し出されている。あちこちにマリーの写真が飾られている。ＬＯＶＥの文字もあちこちにある。キースはマリーをどんなに愛しているかがよくわかる。入浴は初めての泡風呂。ゆっくり堪能。多分時刻は1時を過ぎていた。おかげでぐっすり眠ることができた。

遠いイギリスから20年も前に日本にやってきた青年が、今では妻と子どもを愛して幸せな家庭を築いているのであった。その事実を私は20年後の「特別なこの日」に知ることができた。なんという奇跡の再会であろうか。これこそが大ラッキーである。いや、ビッグラッキーと言うべきである。

ＯＢＳ（大分放送）出演

息子が年末に入籍をした。あの〝傘バランス日本一記録保持者〟の息子は、現在東京でミュージシャン（フラメンコパーカッショニスト）として各地で演奏活動している。２０１９年元日には、お嫁さんとその家族を連れて正月を我が家で過ごす事になっていた。

そして1月1日、元日の16時着の便、大分空港に主人と迎えに行った。我が家に到着すれば18時過ぎるので、すぐに夕飯を食べられるようにリビングに精いっぱいのおもてなし料理を並べ、温かいものだけ後からにして、箸、グラス、生け花など正月仕様に飾り付け、準備万端であった。空港ロビーにはＯＢＳのクルーがいて、正月のニュースであろうか？いろんな人にインタビューしている。乗客が次々と降りて来る。

しばらくすると息子が一人でキャリーバッグ二つを器用に転がしながら出てきた。お嫁さんとそのお母さんのもの。その時、二人は化粧室にいた。すると息子の姿にすかさず女性アナウンサーがマイクを向けた。

「どちらから？」「2つのキャリーバッグは？」「いまからどちらへ？」と矢継ぎ早に質問。新婚1か月で里帰りである事を明かすと、なんと傍で見ていた私にマイクが向けられた。「お母様、お嫁さんを迎えてのお正月はいかがですか？」ヤバイ！ 夕方のテレビニュースにでも出るのか……と。それを意識して、少し気取ってそつなく答えた。すると次に発した女性アナウンサーの言葉にびっくり仰天！「お嫁さんを迎えてどんなお正月なのか見たいです。お宅へついて行っていいですか？」耳を疑った。「えーっ!! うちに？」「えーっ！」私の驚きようは〝素〟を丸出しであった。大きな口を開けて「えーっ！」の顔はテレビ局にはもってこいの画像であったろう。どうするか？ 数秒の間、思考回路は超高速回転。向こうでのんびり椅子に座っている主人を手招きし、いきさつを話すと主人はいとも簡単に「いいよ、おいで。一杯やろう」と。そこでまたもや「えーっ！」の形相の私である。後のOBSスタッフの話によると、正月に朝一番に大分を出発する人、大分に来る人はどんな人でどんな目的か？ という特集番組で日の出前からの取材であったそうだ。「お宅へついて行っていいですか？」も取り入れ、何人もの人にお願いしたが断られたようで、我が家のOKに相当喜んだそうである。ということで、女性アナウンサーとカメラマンがうちの7人乗りの車に乗り込み、後部座席で新婚さんに早速インタビュー開始。ディレクターやカメラマンは後ろから車でついてくる。私はといえば、インタビューを聞きながらもテレビに映るにはこの服でいいか？　化粧直しをしなければ……などと考えながら帰路へ。外はすっかり暗くなっている。

我が家に着くと、すぐに後ろの車から全員がすばやく降りて、玄関先からライトをつけて、カメラを回し始めた。その光景に私は舞い上がってしまい、服のことも化粧のことも吹っ飛んでしまった。とにかく主婦としてまずは玄関からリビングへご案内しなければ。リビングは一気に「ロケ現場」となり、ご馳走がライトに照らされて一段と美味しそうに見える。10畳の居間に総勢9人の大人がいるわけである。アナウンサーの上手な質問に家族は次々と答えていく。一応テレビ用の撮影が終わったところで、我々家族は改めて新年の挨拶と乾杯をしてようやく落ち着いて食事となった。ＯＢＳの皆さんも一緒にお祝い膳についていただき、思わぬ賑やかな元日の祝宴となった。この様子は1月9日の「旬感3チャンネル」という番組の中、10分間ほどの放映となった。

こうして新しい家族と過ごした3日間も終わり、日常の生活に戻った頃、主人の体調に異変が起きた。「動悸が激しくて止まらない」と言い、すぐに医者へ行ったが昼過ぎになっても帰ってこない。2時頃の電話で入院することになったとのこと。またもや「えーっ!」である。以前から服用している薬の副作用で血栓ができて、肺血栓になる寸前だったとのこと。即個室に入院、その上、院内移動は車椅子。医者からは「車でここに来た? とんでもない! 運転中に血栓が詰まって事故死ですよ」と脅されたという。つい先日家族で久住《くじゅう》あたりをドライブしたのに、もしその時に……と思うと間一髪の命拾いだったのか……背筋が凍る。

OBSのディレクターが放映用の昔の写真が必要との事で、家に取りに来た時には主人は入院中。元日にはあんなに元気で5日には入院。それこそ「えーっ!」のアンラッキーである。というわけで9日の放映日はまさかの病室で主人と二人でテレビを見ることになったのである。

そして、そして……申し訳ないけれど……実は翌日、10日から私は以前からの計画で1週間マレーシアへ旅行する事になっていた。病気の夫を置いて、妻は海外旅行!! 少し気がひけたが、イヤ、病院だからなおのこと安心、病気も食事も何の心配もない。鬼嫁の私は遊びに行かせていただきます! 翌日大分空港から東京へ、そしてマレーシアへと出発したのである。その後主人は無事退院、そしてOBSのテレビの反響の大きい事。だれかれと「テレビ見たよ」と言ってくれる。知らない人まで声をかけてくれる。放映後も私の「えーっ！」の驚き顔がテレビ受けしたようで番組の宣伝用に何度も流された。こんな状態が2年以上も続いたのである。テレビの反響ってすごいものだ！

大ラッキーの2019年

亥年の2019年は、年明けの主人の入院を除いては「小ラッキー」の連続であった。

1月OBSテレビ放映とマレーシア旅行。

3月から運動のために「シニアのヒップホップダンス」を習い始め、11月には初舞台、5月には息子たちの結婚式、6月には大分で結婚の「お茶入れ」、9月にはミュージシャンの息子のライブ、イギリスで知り合った香港の青年が来日し我が家にホームステイ、そして主人の喜寿のお祝い、東京で家族全員揃ってお祝いの宴席、10月にはラグビーワールドカップ試合観戦、11月には初めての企画で母方のいとこ会を開催し25名が集合、12月にはアパート経営の主人が新たに計画していた中津市のアパートの地鎮祭、このように1年間はラッキーの連続であった。

翌2020年に正月の売り出しで、私は車を新しく購入した。ナンバープレートは好みの番号を選べる。今年はオリンピックの年なので２０２０にしようかと思ったが、２０１９年が私の人生史上最大のラッキー年であったため、ナンバーを２０１９とした。２０２０にしなくて良かった。新型コロナウィルスによる未曽有の大事態が世界中に猛威を振るい始めた年である。

シニア（65歳以上）のヒップホップダンス

趣味の話である。60代の頃、大分の地にベリーダンスというものが登場した。「ベリーダンスって何？」から始まり、同世代が5名ほどいたので、何となく数年楽しくやっていた。しかし、若いお嬢さんたちは独特のベリーダンス衣装で次々に舞台に上がり、どんどん上手になっていく。我々60代が舞台なんてとんでもない！　と思っていたが。そのうち恐る恐る1回だけと舞台で踊ってみた。化粧やメイクで年齢をごまかし、衣装で体型をカバーした。案外いけるではないか！　それで味を占めて無謀にも年1回ほど舞台で踊った。ソロで踊った事もあり、雑誌『ゆうゆう』に写真付きで記事になったこともある。楽しい思い出をたくさん作った。だが、さすがに70代になると容姿はごまかしきれない。70歳を機にベリーダンスは止めた。

それからは身体を動かす新しい趣味を探した。水泳、ヨガ、フラダンスなどいろいろあるが、ある日、新聞広告のシニア向けのヒップホップダンスの生徒募集の文字が目に入った。〝シニア〟の文字に惹かれ、すぐに入会。73歳の春であった。

その教室の名前は「J☆DANCE」。40代の若くてきれいな城向由佳先生率いる、生徒数200名以上の大きな教室であった。その中にシニアのクラスが3グループあり、名前を「JBRevolution」という。「じいちゃん、ばあちゃんの革命」という意味だとか。しかし私は勝手にJoyful,Beautiful,Revolutionと思っている。50人以上のシニアがクラスは違うが、週1回音楽に乗ってヒップホップダンスを楽しんでいる。そして1年に1度発表会がある。200名もの大人数で舞台を作り上げる城向先生の手腕はたいしたものである。ただただ感心するばかり。我々「JBR」も3グループが一つになって、練習を重ね、日頃着ることもないきらきら衣装を身に着け舞台で踊る。日常から飛び出し、変身した自分を楽しんでいる。

そして2023年の6月。先生から重大発表があった。「2023年9月2日、全国のシニアのヒップホップダンスコンテストが横浜で開催されるので出場しませんか！」との呼びかけであった。私を含め30名のメンバーが参加に手をあげた。

7月初めから8月末まで本格的な練習が始まった。振り付け、フォーメーション、立ち位置、構成など覚えることがいっぱい！　なにせシニア！　思うようにはいかない。先生はイラッとしないのであろうか、いつも笑顔でハツラツと我々を鼓舞し続けてくれた。舞台映えするキラキラの派手な衣装やパンツ、お揃いのブーツやコートも手元に届いた。横浜までの2泊3日の旅の手配、チケット、宿、練習会場、打ち上げ会場、化粧にヘア、小物類まで、城向先生は若い先生二人をアシスタントに付け、全てをとりまとめた。この計画性、統率力、実行力はたいしたものである。城向先生の人間性に皆が惹きつけられるからであろうか。若いのに敬服する。

そうしていよいよ、本番前日、総勢30人のシニアは横浜に向けて出発した。大分空港、羽田空港、横浜、宿泊ホテル、練習会場へと。当日は暑い中、1万歩は歩いたであろう。すでにくたくたである。

本番当日の朝、神奈川芸術劇場で一通りのリハーサルをした。この時点でもまだ間違える人がいる。これがシニアなのだ！　本番は大丈夫だろうか。

そしてあの派手な衣装に着替え、30人がゾロゾロと近くの横浜公園へと移動。というのもヘアメイク用のスプレーをかける場所を確保できず、若い先生方はあちこち下見をしたあげくこの公園を選んだのだ。大きな樹木の立ち並ぶ公園は心地よい。3人の先生方は我々30人のシニアのヘアを手際よく仕上げていく、ジェルで塗り固め、赤いスプレーを振りかけ、白いスプレーで星の模様を作り、キラキラストーンもくっつける。メイクは目の周りに赤いシャドウを塗り、歌舞伎さながらの黒いラインで隈取りをし、その上にもキラキラストーンをつける。口紅もネイルも全員同色の真っ赤。いくつもの作業工程を30人に施した先生方は汗びっしょりであった。

途中コンビニで買ったお弁当やおにぎりなどで昼食を済ませた。何時間もかけてようやく30人の舞台姿が出来上がった。まるで自分とは思えない。仲間も誰だかわかりにくい。つまり全員が金太郎あめ状態である。その姿で会場へと歩いて行く。道行く人々は何事か！　とさぞ驚いたであろう。

そして、ついに開演時間となった。我々は最後の方の出番である。いよいよ音楽と照明とMCに導かれ30人が舞台へ立った。一瞬、緊張が走る。ほんの5分間の舞台。30人が間違える事もなく、音楽に合わせていつもの練習以上に力を出し切ったのではないだろうか。

全国13チームのダンスが終了した後、審査発表！　優勝は青森のチームであった。そして我々JBRevolutionはナント準優勝を果たしたのである。審査委員長からは「大人数で気持ちを一つにして感情を高めていた。出てきた瞬間に会場は盛り上がり、その絵に圧倒

全国シニアヒップホップダンスコンテスト「FIDA GOLD CUP」
（2023年9月2日、神奈川芸術劇場にて開催）
※写真は上が1曲目、下が2曲目

され、最高でした」と好評を頂いた。準優勝も嬉しいが、先生方のご苦労に応えられた事もさらに嬉しいことであった。

横浜中華街での打ち上げパーティーでどれだけ盛り上がったかは言うまでもない。ホテルに帰ってその夜は爆睡のつもりが、昼食の弁当が悪かったのか私を含め半分のメンバーがまさかの〝食あたり〟を起こすというおまけまで付いたのである。

ほんの運動のつもりで4年前に始めた趣味のダンスが「コンテスト出場」という同じ目標に向かって練習を続けた2か月間、横浜までの集団行動、そして準優勝という結果にシニアの仲間は一気に堅い絆で結ばれたような気がする。70代でこのような感動に出会える事は人生そうそうあるものではない。地元大分でもヒップホップダンスチームはいくつかあるが、このJ☆DANCEに出会えたのが小ラッキーであり、大ラッキーまで体験する事ができた。

人間は体力と気力があればどこまでも進化するものだ。新しい景色をまだまだ見ることができる。ということをつくづく悟ったのである。次は優勝して世界大会を目指すぞ、イエーイ！

学研教室

最後に大切な話が残っている。私の人生の丁度半分の年月が今の私の仕事で占められている。

その仕事は「学研教室」という学習塾で、まだ私は現役である。今年38年目。いつの間にか大分県下で一番の永年教室となっている。開室当時娘が小学5年生、息子が幼稚園児、私は40歳になったばかり。自分の子どもの勉強にも関われる仕事だと迷わず塾を開いた。教員免許は持っているが教員になったことはない、開室当初、「先生」と呼ばれる事を気恥ずかしく思ったものだったが、今では「学研の橋本先生」という呼び名が自分の本名とさえ思えるほどになっている。

思えば、長い長い学研生活である。何百人もの子どもたちと出会っている。しかも学校と違って一人の子どもに4、5年、長いと9年間も関わっている。その間、保護者、学研

学研南太平寺教室

の指導者、会社のスタッフ、たくさんの人々と貴重で大切な出会いを築いた。38年間全力で走り抜いたような感がある。

仲間の指導者と教材研究や指導研究、悲喜こもごもの話をし、日々自己研鑽に励む一方で、教室運営として募集活動、宣伝活動もしなければならない。チラシ折込み、ポスティング、校門前配布など。また、毎月の教室新聞の作成や年2回の保護者面談もしている。保護者面談では学習面はもちろん、学校、家庭などいろいろと多方面に話は及ぶ。私も少しでもお役に立てるように、長年の経験や情報を要所に持ち出してお話をする。保護者面談はその子の豊かな成長を願って、お母様と心を通わせ、子育てのサポートをする重要な仕事である。

その数ある仕事の中でも一番大切で一番難しい仕事

が「子どもとの接し方」である。十人十色の子どもたちへ学習指導をし、褒めたり、やる気を促したり、たまには叱ったりする事はかなりのエネルギーを要するものである。子どもというものはとても賢い。上っ面の感情や言葉で褒めても叱っても、見透かされて心に届かない。長年の経験で本気で向き合う事を会得した。褒める時も諭す時も真っ正面から飾る事なく本気で向き合っている。どう言ったら伝わるかを常に考えるようになった。どの子にも必ず「わかる喜び」「できる嬉しさ」を感じてもらえる事を常に念頭に置きながらである。

保護者面談でも言いにくい事をどう話せば伝えられるかを考えるようになった。そういう点では私自身も成長したのではないかと思っている。また、「南太平寺教室」として楽しいイベントも行っている。当教室ならではの有形、無形のサービスで思い出に残るように様々な工夫を凝らしている。

「南太平寺教室に通って良かった！」

と思ってもらえる事が私の願いである。私自身も人生の半分を占める学研教室をやって良かった！　とつくづく思っている。

ちなみに他の人からは「子ども相手の仕事だから元気をもらえるね」とよく言われるが、

とんでもない！　元気をもらえるのではなく、元気を吸い取られている。目の前に5人いれば5人分、10人いれば10人分のパワーに向き合うためにこちらもパワーを持ち合わせていなければならない。学研の指導者は元気と笑顔が不可欠なのである。

このパワーがあと何年持ちこたえられるかが問題であるが、やはり子どもたちと向き合っている事は日々新鮮で楽しい仕事である。特に子どもたちの発する言葉の数々はダイヤモンドの原石のようである。教室にはダイヤの原石がゴロゴロ転がっている。その一つ一つこそが小ラッキーである。学研との出会いはさらに大ラッキーと言えるであろう。「学研教室」は私の人生の最大、最高の心柱（しんばしら）なのである。

おわりに

今、振り返ってみれば、私の人生、結構〝小ラッキー〟の連続であったと思う。「何でもやってみよう！」の性格なので次々に変わった事に手を伸ばしてきた。やるかやらないかの選択では、必ずやる方を選んできた。やらねば良かった！　と後悔する事はほとんどなかったように思う。

もし、あったとしてもそれに知恵を絞って、対処すれば何とかなると思っている。変わった事でも掴んで一歩踏み出すと世界が変わる。思わぬ繋がりができたり、新しい出会いがあったり、小ラッキーに変身して自分に舞い戻ってくる。そうすると自分は〝運がい い〟と思ってしまう。思い込みの脳は錯覚を起こし〝プラスのスパイラル〟を生んでくれるようだ。日常茶飯事、意識を向ければ周りには小さな良い事、面白い事、珍しい事、小ラッキーがいっぱい転がっている。見ているだけでは小ラッキーは掴めない。手を伸ばして掴んでこそ小ラッキーに出会う。

こうして長年、何でも手を伸ばして掴んで興味深く生きてきた。しかし、これも実は主人のお陰であるという事に、長い年月を経てようやく気が付いたのである。よくよく考えてみると、主人は私のする事なす事を一度も止めた事はなかった。むしろ私を自由に泳がせて、面白がって見ていてくれた。自分も似たようなもので自由にやってきたからだと言っている。イギリス語学留学の夢も叶えてくれた。この本の出版も応援してくれている。主人に出会えた事が実は一番の〝小ラッキー〟いや〝大ラッキー〟と言えるのではないかと。本人には直接伝えていないが秘かに思っている。

小ラッキーが集まれば大ラッキーになる。世の中アンラッキーもたくさんあるだろうが、これからも〝掴んでみれば小ラッキー〟で残りの人生を楽しく豊かに送りたいと思う。

そもそも〝ラッキー〟とは単に「運」や「偶然」といった言葉だけでは言い表せない。その時々の人との繋がりや出会い、生き方など様々な要因が混ざり合って起きる〝出来事のようなもの〟〝ハプニングのようなもの〟ではないだろうか。ただ、どんなラッキーでも必ずどこかで〝人〟が関わっている気がする。だから今日まで生きてきた人生の中で〝私が出会った全ての人々〟、それこそが小ラッキー、いや〝大ラッキー〟と言えるのではないだろうか。私が今までに出会った全ての人々に心からの感謝を込めて、この本を締めくくりたいと思う。私が出会った全ての皆様、この本を読んでくださった皆様、心からありがとうございました。

著者近影

著者プロフィール

橋本 和美（はしもと かずみ）

1946年、大分県宇佐市生まれ。

高校、大学を経て、地元大分で就職。

1968年（21歳の時)、明治百年を記念する国家事業である「青年の船」に乗り、「日本青年友好親善使節団」として53日間に亘り東南アジア諸国を訪問。これが人生の大きなターニングポイントとなる。その縁で主人と結婚。長男・長女の4人家族（現在長男・長女は東京在住)。

40歳の時、大分市内で学研教室を開く。今年38年目。大分県下で一番の永年教室である。

71歳の時、イギリスへ語学留学1か月間。

78歳　本書出版。

免許　箏少授導師範・珠算一級

掴《つか》んでみれば小《こ》ラッキー

2024年6月15日　初版第1刷発行

著　者　橋本 和美
発行者　瓜谷 綱延
発行所　株式会社文芸社
〒160-0022　東京都新宿区新宿1－10－1
電話　03-5369-3060（代表）
03-5369-2299（販売）

印刷所　図書印刷株式会社

ISBN978-4-286-25216-2